NATALIA GRIMBERG

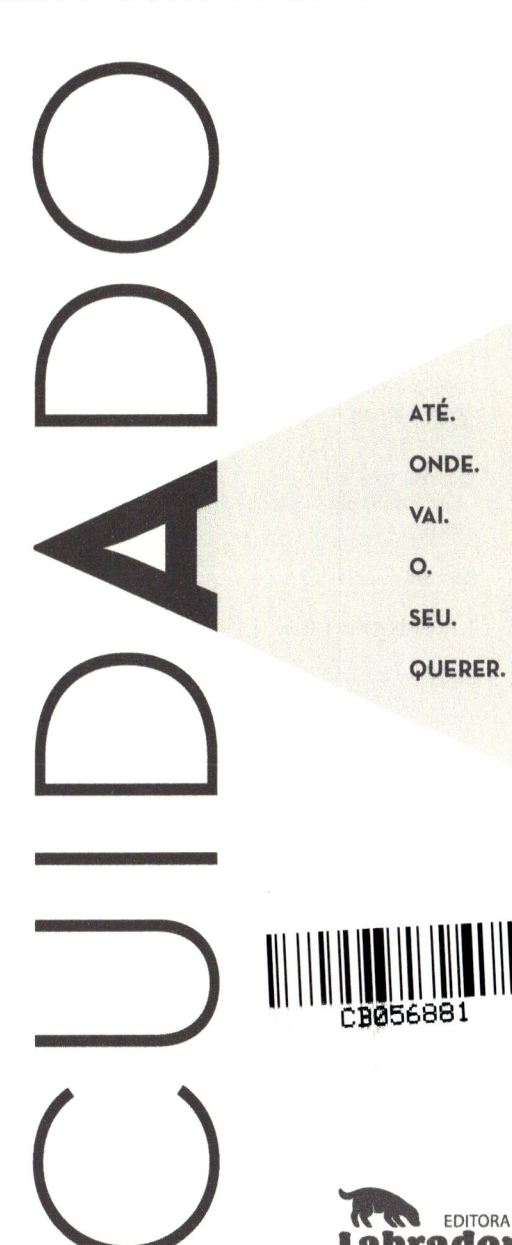

CUIDADO

ATÉ.
ONDE.
VAI.
O.
SEU.
QUERER.

EDITORA
Labrador

Copyright © 2021 de Natalia Grimberg
Todos os direitos desta edição reservados à Editora Labrador.

Coordenação editorial
Pamela Oliveira

Assistência editorial
Larissa Robbi Ribeiro

Capa
Luciana Spektor

Preparação de texto
Renata de Mello do Vale

Projeto gráfico e diagramação
Felipe Rosa

Revisão
Marília Courbassier Paris

Dados Internacionais de Catalogação na Publicação (CIP)
Angélica Ilacqua – CRB-8/7057

Grimberg, Natalia
 Cuidado / Natalia Grimberg. – São Paulo : Labrador, 2021.
 96 p.

ISBN 978-65-5625-123-3

1. Ficção brasileira I. Título

21-0809   CDD B869.3

Índice para catálogo sistemático:
1. Ficção brasileira

1ª reimpressão – 2022

EDITORA
Labrador

Editora Labrador
Diretor editorial: Daniel Pinsky
Rua Dr. José Elias, 520 – Alto da Lapa
05083-030 – São Paulo – SP
+55 (11) 3641-7446
contato@editoralabrador.com.br
www.editoralabrador.com.br
facebook.com/editoralabrador
instagram.com/editoralabrador

A reprodução de qualquer parte desta obra é ilegal e configura uma apropriação indevida dos direitos intelectuais e patrimoniais da autora.

A editora não é responsável pelo conteúdo deste livro. Esta é uma obra de ficção. Qualquer semelhança com nomes, pessoas, fatos ou situações da vida real será mera coincidência.

"O homem é mortal por seus temores e imortal por seus desejos."
PITÁGORAS

Para o meu maior DESEJO dessa e de todas as outras vidas, Catarina.

PREFÁCIO

Contar histórias é buscar a compreensão humana. É caçar perigosas identidades. É buscar apaixonadamente "salvar" o *homo sapiens*.

É preciso muita coragem para se espelhar e mergulhar na imagem do espelho.

Fui nocauteada por este livro que nada mais é que o mergulho sincero de Natalia Grimberg em sua personalidade. Partilho de seu talento como contadora de histórias na televisão, e compartilho uma amizade rara de confiança e aprendizado na vida. Agora, me faz um pedido desafiador: escrever este prefácio.

Seu desejo em formar gente em sua escola de teatro para crianças e adolescentes sustenta meu argumento de Natalia ser uma pessoa curiosa, generosa, e incansável ao investigar o ser humano e partilhar com ele a essência amorosa de sua alma.

Agora dá voz a seus próprios personagens, ao seu imaginário secreto. Surpreende ao encadear vidas paralelas e tão próximas. Um mosaico de seres comuns e familiares em plena crise de identidade. Não importa o sexo, a cor, a idade; todos precisamos nos desvendar em algum momento. Nos salvar em pleno rodamoinho.

Sua história se inicia ao esbarrar com Reinaldo, um homem comum, de desejos comuns, e experiências compatíveis com suas escolhas. Um leito plácido de rio. De repente, um rodamoinho suga Reinaldo para dentro de si. O "Rei" do autocontrole terá seu egoísmo desmascarado sem pena. A força dessa água revolta provoca falta de ar, e também energia em ondas magnéticas. E o resgate de "Rei" se dá ao vivenciar encontros, desastres, paixões explosivas, e o mergulho na transparência do amor que salva vidas.

A autora investe sem medo na forte, ágil e fluente narrativa que traz personalidade à sua escrita: correntezas inesperadas que surpreendem a todo momento o leitor.

Como romance de estreia, o desejo de estruturar uma escrita livre e contemporânea se identifica claramente com a sua experiência como diretora de TV, na prática de editar e criar "ganchos" como um clássico folhetim revisitado. Sua comunicação é espontânea, direta, e cheia de emoções e pegadinhas próprias de uma *expert* em entreter com paixão o expectador.

A escritora, que nasce da mulher, se identifica na grandeza de decifrar a alma humana, sem preconceitos ou cansativas respostas preestabelecidas.

Todos os personagens deste livro estão mudando de ciclo. E nos identificamos com eles à flor da ardência da pele. Mas Natalia não perde seu prazer pela vida. Seu humor inteligente cura as feridas amorosamente.

Em tempos incompreensíveis, Natalia nos provoca com sua escrita e nos faz perguntar: será que devemos desejar em tempos de cólera? Ou o desejo pode ser a expressão da nossa capacidade em amar a vida?

Boa leitura. Pena que é curta, mas deixa o gostinho de quero mais.

Denise Saraceni

1. ELE

Um homem comum. Legal. Mas quase sem graça. Tem casinhos que não engrenam. Encontros casuais. Mulheres banais. *O que será que elas pensam? O que será que elas querem?* Ele tem ex-mulher. E filha pré-adolescente. Tem fase mais chata? Tudo é mico. Pai é mico. *E logo eu que até pouco tempo atrás era o super-herói dela. Onde foi que eu errei?*

Reinaldo é alto. Reinaldo Correa está começando a ficar grisalho. Na verdade, começando a ficar mais charmoso, sensual. Os olhos dele são castanhos, normais, só que quando sorri, eles espremem e ficam uma graça! Rei só é rei quando está à vontade, em casa, de cueca box, jogando Fifa. Nem mais nos campos de verdade ele vai muito. *Onde foi que eu esqueci os contatos dos amigos da pelada?*

Ele busca se conhecer melhor, já foi até numa astróloga, mas tem anos que passa longe do centro espírita que costumava frequentar. O trabalho segue seu rumo. Movimentado, cheio de tarefa que não dá para lembrar do dia a dia. E assim segue, se preocupando com a hora seguinte, mas se esquecendo do seu futuro. Tem dinheiro, mas não muitos amigos. Na verdade, quase não vê gente interessante pelos corredores. *Quando foi que eu escolhi essa maldita profissão sem graça?*

Reinaldo fala três idiomas. Já fez intercâmbio e aprendeu inglês e espanhol. Morou com uma linda espanhola de seios fartos nos cânions da costa oeste americana dos dezenove aos vinte anos e sete meses. Ela foi arrancada dele. Bateu com o carro, precisou de uma cirurgia no braço, e seu pai brabo, homem de dinheiro de sei lá onde, buscou-a pelas tranças. *Será que ela continua linda dormindo só de calcinha? Ela deve ter três filhos e nem lembrar que eu existi um dia.*

Na verdade, a vida anda um marasmo. Tudo igual. Despertador às 6:37, café na Padaria Paulista, pedalada até o trabalho, banho num banheiro que não é feito para isso, blusa social, calça de mauricinho e tênis estiloso, que ninguém é de ferro. Barba por fazer dia sim, dia não. *Meu chefe novinho sabe menos que eu e eu, diretor de operações da grande empresa, finjo que ele é foda só para garantir o meu superbônus.*

A filha vem para São Paulo a cada quinze dias. Quer dizer, ela deveria vir, mas atualmente implora para liberá-la. Tem festa, tem festinha, tem um lance, tem uma parada maneira, tem tudo mais legal que ficar num apart com o pai na terra da garoa. *Fui transferido tem quatro meses. Só saí com uma mulher daqui. Ela era estranha.*

Reinaldo está solteiro tem três anos e nove meses. Sempre foi de namorar. Tem quarenta e quatro anos. Foi pai relativamente cedo. Flora engravidou no primeiro mês que tentaram. Eram apaixonados. Irresponsáveis. Começando nas carreiras e na vida. Eles se perderam, desfizeram os laços como tantos outros casais. *Por que ela não se casou novamente? Minha vida seria bem mais fácil!*

Hoje Reinaldo quer algo. Como a maioria da população, não sabe exatamente o quê. Mas quer algo mais. Deseja mais. Bem mais. *O que será que desejam as pessoas?*

2. O INCIDENTE

Era para ser um final de semana com a filha, Malu. Ela não veio, preferiu ficar com a melhor amiga e a avó maravilhosa que a deixa fazer tudo o que quer. Ok, é aniversário da melhor avó do mundo e elas vão bater perna.

O que fazer neste fim de semana aqui, sozinho? Já foi a dezenas de peças de teatro, comeu em todos os restaurantes da moda de São Paulo, marcou vários encontros com mulheres de aplicativo. *Cansei. Quero paz.*

Rei adora dirigir. Ama. O carro veloz faz ele se sentir mais próximo de Deus. Quando está chovendo então, tem as melhores lembranças da infância. O pai também dirigia na chuva e iam a lugares sem marcar... em silêncio total... sem saber onde iam chegar. *É isso que farei. Sairei sem destino.*

A estrada estava deliciosa. O asfalto estava perfeito, ia a caminho de Paraty. Muito verde em volta, os pardais de velocidade não incomodavam no momento. Ele ia devagar. Sem pressa. Deu vontade de abrir a janela. O vento batia no seu rosto, no seu cabelo. Era bom. Deu uma acelerada. Ele se olhou no retrovisor e viu as rugas que já estavam ali. Ele não se importava com isso. Achava que estava melhor com o tempo. Acelerou mais um pouquinho. Lembrou de cada momento que as rugas devem ter aparecido; uma certamente deve ter sido no antigo trabalho, quando peitou o presidente. Todos falaram que ele era louco, mas estava certo, nada como o tempo. Lembrou da época que fazia mochilão pelo mundo e certa vez foi assaltado e perdeu tudo. Estresse internacional deixa qualquer um doido. Acelerou mais um pouco. E aí, lembrou das viagens pelo mundo e sorriu sozinho. *Ainda falta tanto lugar no mundo para eu conhecer...* Colocou a mão para fora da janela e se esticou. O vento passava pelo meio dos dedos e dava quase cócegas. Lembrou dele menino, na capota do carro do pai. Que sensação maravilhosa era aquela. Amava a fazenda. Era um lugar enorme, onde a liberdade era sem limites. *Quanto tempo será que não vou lá? Será que estão cuidando direito, depois que papai morreu?* E nessa paz, ele baixou o volume do rádio, que tocava um rock anos 1980, que lembrava as discotecas que ele ia. E no silêncio, na corrida do seu carro, ele escutou os pássaros, escutou até as ondas do mar que ele via lá ao longe da estrada. E quando piscou mais demoradamente... *Vrummmmm, levei uma fechada! Caceta! Vou rodar...*

Ainda olhou rapidamente o carro que fez isso. Em questão de milésimos de segundos, ele ainda viu que o carro era cinza, mas não reconheceu o modelo. Picape metida a besta. O dono sorria. Viu um anel reluzente no dedo mindinho dele. Fez movimento de hang loose com uma das mãos, enquanto segurava um celular com a outra. Parecia que estava brincando de zigue-zague. A boca mexeu e o olho deu uma piscadela. *Me deu tchau? Será possível? Esse cara está me zoando?*

O carro de Reinaldo praticamente saiu do chão. Ele passou a vida naqueles segundos. Rei controlou o Toyota preto com toda força que pôde, segurou o volante como quem segura a própria vida. A infância feliz com o irmão pirralho ao lado. Aquele segundo pode ser fatal. Finais de semana na fazenda. Sala de parto vendo a Malu pela primeira vez. O coração disparou, como há muito tempo não disparava. Quando levou o fora da namorada que mais amou. Enterro do pai. Adrenalina total. O carro parecia girar em câmera lenta. Mãe lhe fazendo cafuné, o melhor do mundo.

E de repente tudo parou. Silêncio. Segundos que viraram horas. O carro atravessado na pista. Não vinha carro nenhum da estrada, nem na frente, nem do outro lado. Ufa. E pensou tão alto que chegou a falar. *Tomara que aquele desgraçado que me deu uma fechada morra ali na frente.*

3. PRIMEIRA VEZ

Virou uma viagem automática, sem prazer. A estrada perdera seu encanto. Rei se recompôs, mas a paz foi embora. Os vidros foram fechados. Agora os barulhos vinham à tona. E nem sempre os sons são agradáveis. E, nesse dirigir chato, ele foi seguindo até Paraty.

A estrada está quase no fim. Logo ali na frente ele vê um tumulto. Há carros parados no meio da estrada. Ele vê fumaça, ouve sirene ao fundo. Tem ambulância chegando. Ele aperta o freio e diminui ainda mais a velocidade. Conhece aquele carro. *Será? Não é possível.*

Reinaldo diminui ainda mais, a sensação no peito cresce. Sentimento estranho. Tem um casal que estava numa moto ajudando no trânsito. A polícia para. E ele passa mais devagar. *Que nó no peito é esse?*

Ele sabe muito bem que carro é esse. Ele vê um braço jogado para trás. Tem um anel no dedo mindinho. Era mão de jovem. Jovem que parece gordinho, mas na verdade é jovem que malha, jovem que acha que ficar forte é o que há de mais bacana. *Esse cara parecia grande, como pode estar ali tão frágil e estirado agora?*

O ímpeto de descer do carro foi maior que o Rei. Ele saltou, as pernas bambas, precisava ver com os próprios olhos. A picape era nova, uma Fiat Toro. Linda, estava destruída. Bateu numa árvore. O chão estava marcado pelos pneus. Rei foi seguindo a trilha e viu bem de perto. *Ele está de olhos abertos. Morto. E eu desejei essa morte.*

Reinaldo correu de volta para seu carro, correu como uma criança que vai para a mãe depois da traquinagem. As pernas ganharam uma velocidade inacreditável, se sentia fugindo da polícia. Mas ninguém reparava nele. Só olhavam para o defunto. *Esse cara mereceu. Esse cara mereceu. Esse cara mereceu.* Repetia essa frase exaustivamente na sua cabeça. Na verdade, repetia para si mesmo. Não podia acreditar que desejasse o mal para alguém. Tinha medo de barata. Não matava nem mosquito direito. Nunca colocou foguete no rabo dos gatos como seus vizinhos do condomínio. Era um homem bom. Só falou aquilo da boca pra fora. *Como falo sem necessidade! Como todo mundo fala sem necessidade!* E foi embora. Entrou no Toyota, olhou no retrovisor e viu o corpo estirado agora no chão. Não vai mais para Paraty. Deve ser um sinal. Dar meia-volta foi automático e teve um insight.

A fazenda. Ela deveria estar precisando dele. Ia dirigindo e se enganando que estava pensando em outra coisa. Vinham flashes. Anel cafona, sinal com as mãos, sorriso sarcástico, piscadela escrota, corpo cheio de sangue, mãos acenando pedindo socorro, barulho, pupila dilatada, coração parado. *Desejei aquilo e aconteceu. Um, dois, três, isola.*

4. VIDA QUE SEGUE

Os dias seguiram normais na fazenda. Ele viu e abraçou como nunca a Anailda, que cuidara dele criança, que fazia a melhor feijoada do mundo e que entretinha os meninos quando seus pais iam beber vinho com os amigos na varanda.

A fazenda hoje era só dele. A mãe estava com a filha longe dali comemorando o aniversário. *Podia ter me programado pra ir com elas...* Mas logo depois pensou que estar ali com a fazenda só para ele podia ser bem mais interessante. Amava esse lugar e raramente conseguia o silêncio por ali, exceto quando nadava.

Rei amava nadar no rio. Aquele rio limpava todas as suas incertezas, impurezas e seus medos. Nada, inspira, bate pé, gira braço e vai eliminando tudo o que há de ruim e só assim o que é bom tem licença para entrar. Saía do rio e sempre vinha uma boa ideia para o projeto novo do trabalho. Saía do rio e ia beijar Flora, sua ex-mulher. Saía do rio e ia conversar com a mãe. Saía do rio e conseguia entender mais os silêncios do seu pai. *Como podia mamãe e papai serem casados? Tão diferentes.*

O pai de Reinaldo, seu Marcos, era quieto. Era tranquilo e generoso. Demonstrava afeto dando. Dando coisas materiais, dando calmaria no caos de qualquer situação, dando porto seguro a quem precisasse. Seu Marcos só explodia eventualmente com sua mulher, a Mirta. Mirta era expansiva, gostava de fazer compras, muitas compras... e quando as sacolas chegavam num nível de não ter mais onde guardar, ele explodia. Ela dava uns gritos, uns cafunés e daqui a pouco estava tudo bem novamente. Aquela fazenda era o refúgio da família: Marcos, Mirta, Rei e Prince, seu irmão, que na verdade se chamava Gustavo, mas como Reinaldo tinha um apelido muito forte, a mãe achou justo o irmão também ter um apelido digno; começou a chamar ele de Prince. *Deve ter começado daí a nossa competição. Até no nome ele queria igualdade de direito. Que babaquice.*

Rei e Prince eram soltos ali. Iam e vinham com total liberdade. Mas não eram amigos. Não havia afinidade, só disputa. Desde pequenos eram estimulados a isso. Quem é melhor no futebol? Prince... Quem é melhor na bicicleta? Rei... Quem a mamãe ama mais? O caçula... Quem o papai ama mais? O primogênito. Quem fica mais tempo debaixo d'água sem respirar? Brincadeira que a mãe odiava. Rei amava chegar ao limite. Eram como água e vinho. Rei é tranquilo, gosta de qualidade, adora conversar, mas preserva os silêncios como o pai. Silêncio bom é quando escuta o barulho do vento nas pedaladas que sempre fez na vida; silêncio bom é quando sai por aí de carro com quem ama do lado... E escutam a estrada passar... Não precisam conversar... Só saber que caminham na mesma direção é o bastante. Prince era realmente diferente. Prince sempre gostou de barulho. Primeiro guitarra, depois bateria, depois nada porque não tinha talento musical. Sempre gostou de coleções. De colecionar qualquer coisa: chaveiro, figurinha, bola de gude... quanto mais quantidade melhor... E depois começou a colecionar namoradas. As mais lindas eram dele. As mais extravagantes. E assim iam lidando na vida... sem maiores problemas, só conflitos silenciosos, olhares comparativos e pequenas porradinhas entre os irmãos. Até que chegou a Clara.

Clara era nova no condomínio. Clara era sexy e sabia disso. Clara tinha dezessete anos, mas parecia ter dezenove! Clara deu mole para todos e ao mesmo para nenhum. Começou a disputa. Rei e Prince disputavam a princesa. Quando tudo se encaminhava para Prince levar a melhor, do nada, Rei ganhou um beijo no meio da praça. Levou o troféu, ou foi levado...

Os irmãos se engalfinharam, supercílio de um aberto, olho do outro esfolado. Ficaram de castigo. Tiveram que se abraçar e dar vinte beijos um no outro. Nunca tinha visto Marcos assim. O pai era calmo... Como podia estar tão indignado? "Irmãos são feitos para se amarem. Querem me dar o maior desgosto do mundo?"

Nunca mais a relação foi a mesma. O namoro com Clara durou um verão, mas a vingança veio anos depois. *Na verdade mesmo, queria que Prince fosse pra longe... Ele só aparece com problemas. Custa dar uma solução, ir pra longe? Bem longe.*

A porta da varanda se escancara. Barulho exagerado, passos largos, só podia ser ele. Ali, Prince, em carne e osso! *Meu Deus, acabei de desejar que ele sumisse e ele me aparece aqui que nem um fantasma. Lá vem bomba.*

"Não precisa me olhar com essa cara. Só vim pegar umas roupas de frio minhas que estavam aqui. Recebi uma proposta. Vou morar em Portugal. Partiu. Adeus, reizinho."

5. PROVAS

Assim já era bom demais. Prince ia para longe. Mas, estranho do que Reinaldo deveria sentir, não veio alívio. Veio a mesma sensação do carro. Palpitação, mãos suando, até a pupila dilatou. Rei queria perguntar coisas triviais ao irmão. *Como assim, Portugal? Que tipo de emprego? Você sempre foi acomodado. Quanto tempo ficará por lá? E a mamãe, coitada, vai sentir uma falta danada sua, agora os dois filhos vão morar longe e o papai não está mais aqui. Vai levar a namorada? E a fazenda, o que vamos decidir, vamos vender ou não? A mamãe já sabe? O que ela achou?* Enfim, a lista das perguntas era enorme, mas a boca parecia colada, a saliva secou de tal maneira que só restou dizer, "Puta merda, sempre sonhei com isso, mas logo agora você vai pra longe?".

Prince sorriu. Relaxado. Pela primeira vez, Rei o viu como adulto. Teve uma reação espontânea e deu vazão a isso. Ele, que sempre se importou muito com a opinião do irmão, agora estava determinado a partir.

Reinaldo começa a caminhar e atravessa a fazenda por inteiro. Seus corredores largos, agora, pareciam mais compridos do que deveriam. Os quadros pendurados na parede davam a sensação de estarem olhando para ele e acusando-o pela partida do irmão. As luzes pareciam piscar estranhamente. Tudo estava num ritmo diferenciado. Ele queria chegar ao quarto, as pernas cambaleavam; o trajeto antes tão simples estava agora comprometido, como se ele estivesse prestes a descobrir algo que pudesse mudar a sua vida.

Ele deita na cama, na verdade, cai todo enrijecido e começa a refletir. Pensa, pensa e só consegue achar muita coincidência.

Nunca acreditei em coincidência. E então, lembra de novo que não vai mais no centro espírita, lembra que se esqueceu de rezar já faz pelo menos vinte anos e que trabalho social passa longe. *Devo estar estressado, só pode. Vendo coisas onde não tem. Isso. Com certeza deve ser isso. Não é só porque eu quero que o meu irmão vá para longe que ele vai justamente agora!* E assim, adormece, dorme de sapato, atravessado na cama enorme que tem o cheiro da mãe. E quando acorda, o pensamento já é outro. Dormiu de dia e acordou de noite. Há quanto tempo não ficava assim de bobeira! Sentiu-se um adolescente. *Hum... lembrei agora da torta de queijo da vovó. Queria tanto! Acordava nas minhas férias com uma quentinha saindo do forno.* A avó dizia que essa receita tinha passado de geração em geração... veio lá da Polônia... *E agora, o que vai acontecer com a torta? Será que vai morrer depois disso? Eu não sei a receita, duvido que meu irmão saiba... vou ter que pedir pra Anailda ensinar pra Malu... Aquele cheiro... hum... esse cheiro... Esse cheiro!?*

"Olha o que fiz pra você... A sua torta predileta", disse simplesmente Anailda.

6. CONFIRMAÇÕES

Agora ele tinha certeza. Nunca comeu uma torta com tanto gosto. *Quase certeza.* Mastigava, mastigava e só conseguia pensar que tinha poderes. *Aliás, um poder.* Ele desejava, ele tinha. As mãos voltaram a suar, os olhos piscavam agora sem controle, mas diferentemente das outras vezes, a sensação começava a ser boa. *Preciso ter certeza disso.*

Reinaldo começou a bolar teses. *Será que foi no dia que bati a cabeça na quina da estante do escritório de advocacia que eu fui visitar lá em Fortaleza?* Não, isso parecia absurdo demais. Reinaldo nunca foi um cara místico. Na juventude fez aula de dunas, é verdade, mas nunca foi muito adiante. Acreditava em anjos. Sim, não contava isso para ninguém, mas acreditava. *Já sei! Deve ter sido coisa do livro* O segredo. *Li uma vez uma matéria grande sobre isso. Desejar é ter. Mas, como, num piscar de olhos eu consegui? O que o livro tem a ver com as calças?*

Não! Era preciso de uma explicação mais convincente até pra ele mesmo. Começou a andar pelo quarto... Não veio nada na cabeça. Resolveu nadar no rio, claro. Suas melhores reflexões desde a adolescência foram ali. Colocou uma sunga e rapidamente se viu na água. Taurus insistia em latir. Aquele cachorro era sempre quieto, por que logo agora resolveu latir sem parar?!

Nadando ele foi pensando, pensando, girando os braços, batendo pernas e respirando; ele continuou nadando e nadando. *Pimba! Já sei! Meu pai. Só pode ser uma coisa do meu pai. Lá de cima ele viu que eu precisava ter tudo o que quero. Meu pai sempre foi o melhor. E eu, o segundo melhor.* E então, com autoconfiança suficiente para tudo, Reinaldo resolve se arrumar. Como há muito tempo não fazia, colocou um som maneiro para tocar. Abriu o Spotify, ligou sua caixa de som e escolheu a playlist mais dançante que pôde. Então dançou e dançou, e foi dançando que vestiu um jeans novo, uma camisa polo branca, básica, um sapatênis antigo, mas confortável e de boa marca, passou seu perfume e sorriu para si mesmo. *Hoje eu quero ter a mais gata da noite pra mim, estilo capa de* Playboy. *Quero ver se isso funciona mesmo!*

Pé na estrada e lá estava ele no Rio de Janeiro. Rei nunca tinha ido numa boate sozinho. Aliás há anos não ia em uma. Aquelas luzes, aquela batida eletrônica o fez se arrepender no segundo que entrou. *Eu devo estar louco. Definitivamente louco.* Mas aí o primeiro drink veio.

"Uísque sem gelo." Nem era de uísque, mas queria algo forte e lembrou de uma vez que bebeu todas e não ficou com uma única ressaca porque tomou só uísque a noite toda. A música foi ficando mais agradável. E as bebidas foram aumentando. Resolveu variar. "Caipisaquê, por favor." Ele olhava em volta e não via nenhuma capa de *Playboy* ali, só garotinhas bobas. Uma lourinha piscou para ele. *Aquela deve ter vinte e dois anos no máximo. Tô fora.* Se afastou e fez mais um pedido. "Agora me vê uma cerva bem gelada." Uma ruiva com muitas sardas sacudiu o cabelo e ele se interessou. Mas quando estava chegando perto, o namorado chegou pegando-a pela cintura. *Mais gelo! Agora meu uísque tem gelo. Muito gelo.* A morena era sensual. Estava no meio da pista. Dançava e ia até o chão. *É essa. Parece a Juliana Paes. Eu mereço!*

O investimento foi pequeno e durou pouco. Em uma hora e meia estavam na casa dela. Foi uma noite quente. Prazerosa. *Eu estou com a mulher mais gata da noite*, pensava a todo instante. E assim iam lambidas, mãos e sensações. Orgasmo. Cama. Sono. A cabeça começou a girar. *Acho que estamos meio bêbados.* Dormiram, quer dizer, apagaram. Rei acordou às seis e meia da manhã sem saber onde estava. Olhou em volta. Suas memórias eram flashes. Olhou para a cama. Não lembrou o nome dela. *Acho melhor eu ir embora*... Deixou um bilhetinho fofo com seu telefone e nome. Ela poderia também ter esquecido o seu. *Aliás, não me lembro de ter dito meu nome em nenhum momento pra ela.* Olhou para a cama mais uma vez. *Ela é mais gata do qualquer capa de* Playboy. E quando sua autoconfiança estava no auge, ele olhou para as mãos dela. Aliança na mão direita. Porta-retrato com um coroa em cima da escrivaninha. *Noiva? De velho? Tô fora. Tive o que pedi. Mas... Esqueci de pedir direito. Quero mulher linda, mas não mulher problema.* Rasgou o seu bilhete e sorriu. Foi uma noite sensacional.

O fim de semana acabou. Vida que segue. *Nem deu tempo de encontrar a mamãe e a Malu.* Sampa parecia exuberante agora. O cinza dava um ar retrô. Reinaldo adora esse clima. A cidade nova estava perfeita. Entrou no prédio do escritório cheio de si. Era um daqueles edifícios enormes e lindos que ficam na Faria Lima. Rei entrou cumprimentando a todos. A autoestima estava batendo no teto. Tinha um ar diferente. A secretária mais antiga e gordinha da companhia cochichou, "Nossa! Sabe que não tinha reparado direito no carioca? Homão!".

Ele foi para a sua mesa e não conseguia parar de pensar numa forma de melhorar aquilo tudo. *Hum... Vamos lá, Rei... você precisa de mais provas do seu novo poder... o que você deseja por aqui?* E então, no meio do pensamento, foi despertado com um barulho de uma impressora cuspindo papéis a torto e a direito. Ela estava realmente velha. Alguém gritou: "A impressora travou de novo!!!". Ele tentava se concentrar e nada... uma bandeja caiu no chão. "Desculpa, senhores..." E então estava quase decidindo o que queria, quando começa uma discussão calorosa entre o gerente de projetos e o superintendente de marketing. Parece que os valores não compensam. Reinaldo, confuso, pensa: *Quero ficar longe disso. Isolado.* Toc toc toc. A porta se abre depois de três batidinhas leves. Seu chefe novinho. *Nossa, ele está ficando calvo e deve ser mais novo que eu!* E aquele cara, que nada tinha a ver com o Rei, fala: "Vou te transferir para o décimo primeiro andar. Mais alto. Você vai gostar". Apesar de Rei não saber se ele falou aquilo em tom de ironia ou competição, o seu coração bateu acelerado, suas mãos suaram e seu pensamento voou. *Strike! Essa porra funciona mesmo! Dessa vez realizar o meu desejo foi a jato.*

Sentou na mesa nova. Que vista. Dava até prazer trabalhar assim. Tinha algo de monárquico ali. *Pra mim, um rei, claro.* E riu, e gargalhou sozinho. Senso de humor sarcástico nunca lhe faltou, mas agora tivera uma crise de riso. *Não me lembro a última vez que ri sozinho assim.* E ria... ria de doer a barriga. *Pareço o gênio da lâmpada. Ou estou definitivamente louco ou vou virar o presidente do país!* Agora a gargalhada chegara a perder o som e os olhos lacrimejam. Quase se mijou de tanto rir. *Eu tenho tudo o que desejo. Tudo.* E a barriga se contraía de tanta gargalhada. Estava querendo parar de rir e não conseguia. Perdeu o controle. Uma das melhores coisas da vida, rir com tanta vontade que não consegue parar. *Se eu contar isso pra alguém me internam! Imagina o Prince ouvindo isso. A Malu... A Flora...* E parou de rir. Flora. Flora acabava com qualquer vontade de se divertir. Ainda não estavam digeridos de tudo aquilo.

7. PRÁTICA

Pronto. Agora que estava consciente do seu presente divino precisava colocar em prática tudo o que desejava. Futebol. Há muito tempo não ia em um estádio. A sensação de estar no meio da galera, no auge da multidão, dava uma euforia difícil de descrever.
Eu quero ser o artilheiro do meu time.
Dinheiro.
Quero aumento. Não vem o aumento, mas vem o bônus.
Teria o mundo, se quisesse. *O mundo é bom, mas se tiver paz com a Flora será suficiente. Desejo um namorado pra ela. Nossa! Como sou generoso.*

A vida com a Flora sempre foi tumultuada. Foi uma paixão veloz. Aos vinte e cinco anos se apaixonara perdidamente pela garota que chegara no escritório causando tumulto. Ela estava revoltada mesmo. Flora tinha essa capacidade de mobilizar as pessoas. Pelo carisma ou pelo grito. Logo que ele conseguiu acalmar a menina no café da esquina da Barão da Torre, eles começaram a se entrosar. *Era estranho, mas ela exercia um poder quase cego sobre mim.*

Nunca foi uma relação saudável. Era repleta de altos e baixos. Altíssimos e baixíssimos. Fizeram mochilão pela Europa, se isolaram dos amigos, pedalaram muito pelo Rio de Janeiro acima, até que... Flora e Prince se tornaram amigos. Não era normal aquilo. Flora tinha muitas amigas mulheres, não homens. Prince era amigo de todos, mas de nenhum específico. Por que essa amizade? *No começo achei legal. Estava mais próximo da minha família. Flora passou a adorar ir pra fazenda e minha mãe fazia de tudo para agradá-la. O problema? Prince também queria agradar.*

Reinaldo ia crescendo na profissão e as viagens ficaram menos frequentes. O apartamento logo foi quitado e a Flora mudando de faculdade a toda hora. Ingressou em turismo, pediu transferência para jornalismo e largou no terceiro período, até que se formou em letras e virou poeta. *Tá bem, Flora escrevia muito bem. Igualzinho como sabia convencer as pessoas a fazerem tudo para ela.* Decidiram ter a Malu. Foi uma decisão consciente. Ela engravidou rápido. *Fiquei orgulhoso, me sentia um touro. Nessa época, estranhamente Prince sumiu.* Não ia mais à fazenda e mamãe vivia reclamando que ele mudara de emprego mais uma vez.

Os primeiros anos da Malu trouxeram calmaria e sorte. Reinaldo passou a ver o mundo cor-de-rosa. Aquela menina virou a luz dele. Flora voltou a escrever mais do que nunca. Mas escrevia trancada, sozinha. Isolada.

Certo dia, após a festinha de cinco anos da Malu, foram para a fazenda. E Flora voltou para o quarto sorridente. *Acho que ela estava de pilequinho.* Rei começou a desconfiar. Prince também estava ali. Tinha voltado de uma temporada no Nordeste. Tinha dado para querer fornecer lagosta. *De onde ele tirou isso, meu Deus?!* E Flora estava irritantemente feliz naqueles dias... E Reinaldo cada vez mais estranho... Prince mais bonito e sorridente.

Rei deu uma de maluco. Desde a época da vizinha que havia preferido ele em vez do irmão, sabia que este se vingaria por isso um dia. *Eu espero por isso desde a época da menina da pracinha...* Então Reinaldo começou a tacar as suas coisas, da sua filha e da sua esposa dentro do carro Fiat Uno da época. Flora e Malu estavam na piscina e lá continuaram. Era como se ele não existisse naquele momento. Além da mãe, adivinhem quem estava na piscina?

Rei começou a andar pelos corredores. Refletiu, viu que estava obcecado, que tudo aquilo era coisa da cabeça dele, quando escutou um barulho. Vinha do quarto de Prince. Rei entrou devagar. O barulho era da guitarra que caíra no chão. O vento batia na janela, a cortina voava. Tudo soava estranho. As risadas vinham da piscina. E ele viu um papel em cima da cama. *Um poema. A letra da Flora. Um poema de amor, essa porra!*

Não é preciso dizer mais nada. Começo do fim. Ele tinha certeza de que eram amantes. Flora negando, mãe e pai gritando, filha chorando. Irmão absolutamente blasé, como se aquilo não fosse com ele. O vaso quebrou. Quem pediu a separação foi a Flora, porque Rei ficou com medo de ficar longe da filha e ela não o amar mais. *Besteira! Me arrastei por anos naquela relação falida. Sou um idiota. Mas chega! Quero ser feliz. E agora quero ser feliz com a Flora parando de me atazanar!!!* A sensação é que a corda do lado do Rei já foi cortada, mas Flora ainda o incomoda o quanto pode. Pode ser dinheiro, pode ser para falar da filha, pode ser para se mostrar presente. *Como eu queria que a Flora arranjasse um namorado.*

Toca o telefone. "Oi, Malu!"

"Pai, foi mal, mas posso passar uns dias aí com você?"

"O que aconteceu? Está doente, filha?"

"Mamãe resolveu viajar com um carinha aí que ela conheceu e tá superempolgada. Não tô a fim de ficar de vela! Ela tá ótima e não quero estragar o lance."

Oi??? Flora arranjou um namorado? Obrigado, meu Deus.

A vida seguia ótima. Malu em Sampa, descobrindo o pai. Ou melhor, redescobrindo aquele homem. Ele fazia todas as vontades dela. Malu queria, Malu tinha. Sua princesa ia ficando cada vez mais mimada, o ano escolar estava prestes a começar... E ela longe de tudo.

Reinaldo quis colocar mais uma coisinha em prática. Seu corpo. *Sempre fui sequinho, mas não quero ficar mole. A idade chega!* Contratou um personal, e os dois iam todos os dias à cobertura do apart para malhar. Malu curtia esse momento também. Chamava seu pai de Gatoso. Gato idoso. Mas ele desejava mais. *Quero ser mais charmoso que o George Clooney. Ok. Se eu for o cara mais cobi-*

çado da empresa já está ótimo. Sua caixa de mensagem não parava. Choviam olhares maldosos. Trabalhar ficara mais divertido.

Passou uma, duas, e por fim três semanas. Malu começou a ser um problema. "Malu, liga para a sua mãe. Ela deve estar preocupada." Malu não ligava e era Reinaldo quem ligava escondido para Flora. Quem diria.

"Malu, se não quer voltar para o Rio, vou te matricular numa escola aqui de São Paulo, as férias estão acabando." Malu esperneava e não acordava. Ele precisava trabalhar! Fora promovido, tinha uma sala linda só para ele. *Está ficando pesado.*

"Malu, para de ficar nesse telefone!" *Como controlo essa garota?* Rei agora era abordado por várias mulheres interessantes e não tinha tempo. *Como é possível dar conta de tudo? Ser mulher e mãe deve ser foda mesmo!*

8. DESEJOS

Reinaldo foi deixar a Malu no Masp. *Não começou o ano escolar, mas tem que ter cultura pelo menos... Cada dia ela vai ter que ir num lugar diferente aqui de São Paulo e me dar um feedback* à *noite.* A cara feia da filha não assustou o pai. Era para ser só prazer, mas já havia passado da terceira semana e ela continuava instalada no apart. Definitivamente ali não era lugar para ela. *Preciso comprar um apartamento pra chamar de meu aqui em Sampa.*

Malu era uma carioquinha que se achava malandra, mas na verdade era até bobinha para a idade. Acabara de fazer um coração com as mãos, e quando o pai estava achando fofo e romântico, ela o desfez e no lugar lançou um gesto obsceno com a língua. Meio metaleira, meio beijo, meio nojento, meio brincadeira. *Será que ela já namora? E se me perguntar algo mais íntimo? O que respondo? Tá ficando mais do que na hora dela querer voltar para a casa da mãe. Tomara!* Desejou ele sem ao menos perceber.

Quando Rei deu tchau e fez um gesto para ela ir logo e parar de ser boba, Malu emburrou a cara de vez virando de costas, e simplesmente aconteceu. Ela não viu a moto vindo, o pai viu... Ele calculou em milésimos de segundos o que ia acontecer e nunca pensou tão rápido na vida: *livra a minha filha, pelo amor de Deus. É o que mais desejo no mundo.* E no mesmo segundo lembrou que desejou que ela quisesse ir embora. E "desdesejou" o que ele tinha desejado. Veio o pânico. Mas, estranhamente, a mão dele não suou, as suas pernas não ficaram bambas, tudo dessa vez ficou devagar... extremamente devagar, o suficiente para ele ver o que iria acontecer muito em breve. E reparou bem que as suas reações foram parar na sua filha. Quem suou e quem dilatou a pupila e quem tremeu foi ela. Como ele desejava naquele momento que fosse nele. O coração saiu pela boca. A moto continuava vindo. Ela estagnou. Travou. O berro ficou entalado na garganta, e vrumm...

Ele fechou os olhos. Não iria aguentar ver. Culpa para o resto da vida. *Eu sou um fraco. Preciso abrir os olhos e...* A moto raspou na menina e só pegou na mochila. Ela girou e foi ao chão, o pai correu que nem um louco na direção da filha. Se abraçaram, choraram, e ela disse que nem um bebê: "Quero a mamãe. Me leva pra minha casa".

Reinaldo levou a filha para casa péssimo. Péssimo mesmo. Muito mal. Sabia que tinha desejado que a filha quisesse ir embora. Mas não assim. *Saiu totalmente do controle.* Nunca em hipótese alguma colocaria o seu bem mais precioso em perigo. Depois de se martirizar e jogar uma água bem gelada sobre o corpo, chegou à conclusão mais óbvia. *Chega de desejar.*

A menina fez as malas e queria ir naquele mesmo dia para o Rio. Rei, cheio de culpa, ligou para o escritório e avisou que não iria. "Qualquer coisa, estou no celular." Comprou duas passagens. Ida e volta para ele no mesmo dia. Não deixaria a menina ir sozinha. *São só quarenta minutos. Na ida e na volta.* Foram agarradinhos. Há quanto tempo ela não era tão carinhosa. Lembrou de quando foram para a Disney quando ela tinha quatro anos. Não largou o pai. Foram em todas as montanhas-russas, só os dois. A mãe nem chegou perto, e nesses momentos eles criaram cumplicidade única. "Esse avião tá parecendo a gente na Splash Montain, Malu". E pela primeira vez no dia, ela sorriu. Fez um carinho no pai e disse "Te amo". *A vida vale a pena*, ele pensou.

Depois que a Flora veio ao encontro da filha, ele voltou para o check-in. Poderia relaxar. Mas o relaxamento não veio. A tensão continuava. Como se algo estranho ainda fosse acontecer. Era realmente estranho. A gente sempre sabe quando algo vai acontecer. E quando Reinaldo ia cedendo... *Desejo que algo venha acalmar meu...* Ele próprio se interrompeu. Chega! Vou só pra casa hoje. Mais nada.

Ele sentou na cadeira 9A. Olhou para a janela distraído. Estava indo para a casa. *São Paulo, quem diria, virou a minha casa...*
"Ei! Ei!" Quando ele se virou tinha uma mulher falando com ele. "A sua poltrona é essa? Tem certeza?"
"Oi?!" Ele olhou para seu cartão... "Sim, tenho certeza."
"Ué, vamos ter que chamar a comissária então", disse ela.
"Não, pode sentar! Fica aí... eu sento no meio..."
"Não! Odeio injustiça! Prefiro chamar a comissória!" Ela foi rápida, e enquanto ele estava levantando, ela já estava checando o bilhete. A comissária pediu o dele... Reinaldo se atolou, pegou o bilhete da ida e não da volta...
"Peraí, não precisa checar, eu troco! Não faço questão de sentar na ponta mesmo." Uma tremenda mentira. Mas, inexplicavelmente, a partir daquele momento palavras estranhas começaram a sair sem ele ter controle. Quando deu por si, já estava sentado na poltrona do meio e aquela mulher interessante, toda esmagada, passando por ele e sentando na 9A.
Não foi um voo normal. Ela pegou um livro. Ele tentou ler o nome na capa e não conseguiu. Queria puxar um assunto. Qualquer assunto. E nada. Nada vinha. Ela mal olhava para os lados. E o estranho aconteceu novamente. Coração disparado, mãos frias, ficou com vergonha de ficar com uma pizza debaixo do braço, ele lembrou que não poderia suar muito. *Que dia! Preciso melhorar isso.* E ele foi para o óbvio. *Desejo que...* Lembrou-se que tinha prometido para si mesmo que não ia desejar mais nada. Ficou todo enrijecido, parecia uma estátua, esperando alguma movimentação da moça ao lado. Nada. Ele simplesmente não existia para ela. *Ela ainda não me viu. Vou só pedir mais isso. Juro.*
Não aguentando mais, pensou: *Desejo que essa mulher me queira.*

Sentiu um alívio imediato por saber que seria atendido. Sem esforço. Daqui a pouquinho eles estariam no maior bate-papo, ele seria divertido, ela ia relutar em dar o seu telefone, mas... à noite, estariam jantando. Reinaldo sorriu e esperou. Esperou um minuto. Cinco minutos. Esperou a turbulência leve que passou. Esperou o carrinho com a barrinha de cereais passar e ela recusar. Esperou chegar ao fim do capítulo e... Nada. Ela nem olhou para o lado. Nem ele. Ele olhava de rabo de olho e percebia uma mulher rindo sozinha. Ela não gargalhava, ela sorria. Os lábios eram lindos. Ela era leve. Estranho dizer isso, mas era assim que ele sentia. Leveza. Ele estava ficando com torcicolo, não conseguia tirar os olhos dela. Reparou nas mãos. Sempre reparava. Nada de aliança. *Ufa.*

"Senhores passageiros, pouso autorizado. Bem-vindos a São Paulo."

Ela ia escapar. Ela não o desejou. É questão de tempo. É porque ela não me olhou. E quando ela virou ligeiramente para trás, ele sorriu que nem um bobo, como alguém que vai cumprimentar uma pessoa do outro lado da rua e não é correspondido simplesmente porque a outra pessoa não o vê. Reinaldo reparou na roupa dela. Simples. Naturalmente simples. Jeans colado, blusa estampada, blazer branco. Tênis estiloso. *Até no tênis combinamos. Ela vai se apaixonar.* E ela não olhou. Passou batido. Ele era inexistente para ela.

Reinaldo começou a perseguir a moça pelo aeroporto. *Isso é ridículo.* Mas algo o impedia de parar. Ela caminhava sem pressa, mas com firmeza. Ele parava de vez em quando e fingia amarrar seu sapato. *Essa brincadeira está passando dos limites,* ele pensava. E quando a perdia de vista, seu coração acelerava e ele se via obrigado a continuar a perseguição. Ela foi pegar um táxi. Fila enorme. *Ótimo, vou puxar assunto.* "Oi... Será que a gente podia divi..." E, do nada, ela sai da fila e fala apressadamente: "Não obrigada. Ei,

Eliana!" E entrou num carro que chegou buzinando... Jogou sua maleta ali no banco de trás e se foi.

Foi uma noite triste. Bem triste. As coisas da Malu ainda estavam espalhadas. Como ele se arrependia de ter desejado que ela preferisse a mãe de novo. E por que seu poder tinha acabado? Aliás, por que seu poder tinha começado?!

9. O ENCONTRO: ELE

A vista de São Paulo estava diferente naquela manhã. Era uma névoa brilhante. Manhã de outono. Rei só olhava para o horizonte de prédios e pensava, refletindo sem parar sobre seu último mês. Aquele silêncio daquela sala agora o incomoda assustadoramente. *O que será que está acontecendo lá embaixo? Será que estou perdendo alguma coisa importante?* Surgiu uma pequena paranoia. *Pode não ter sido o ideal ficar tão longe...* E a taquicardia começou.

Reinaldo passou a manhã no terceiro andar. Andava pelos boxes e se interessava e perguntava e pesquisava. Tudo o que ele não queria era pensar em si mesmo. Escutava os burburinhos ao fundo: "o carioca bonitão está sério hoje, né, Vanda?".

O almoço foi sozinho. *Esqueci de pedir amigos paulistas*, pensou, dando uma risadinha. Ainda bem que seu humor sarcástico ainda não tinha ido embora. Foi de salada. *Em Sampa, qualquer comida fica mais saborosa.* Quando estava na segunda garfada, ela entra. Sim! Ela, a moça do avião. *Não é possível! Obrigado, Deus!* E a autoconfiança voltou imediatamente. *Estranho isso, como a gente muda em questões de segundos.* O ego é facilmente manipulado. *Hoje não perco essa por nada.*

Ela sentou-se à mesa da frente. Ele parou de comer e ficou observando. Tentou ser o mais discreto que pôde. Não queria de jeito nenhum que ela fugisse novamente. Viu detalhes. Reparou na tatuagem do pescoço na hora que ela fez um pequeno nó com os cabelos. Viu o segundo furo na orelha... era um pontinho de brilhante. Delicado. As unhas eram longas e com uma cor que o agradava. Meia-calça preta com saia. *Ela tem sardas, poucas, mas o suficiente para não parecer aquela pele de foto do Instagram. Odeio aquelas fotos manipuladas. Essa mulher é normal. Parece real.* Mas não era. Naquele momento, ele estava paralisado e apesar de ela estar a poucos metros dele, com o celular nas mãos, ela estava tão longe. *O que faz a gente se sentir tão fora de si diante de uma pessoa que a gente nem conhece?*

PIMBA! Foi assim, do nada, em plena distração e divagação, que ele derruba o copo inteiro de suco na mesa. Na blusa. Na calça. *Putz! Me caguei todo!* Levanta, sentindo uma vergonha enorme, olha em volta, tudo lotado, aquele bando de gente olhando para ele, que está com o guardanapo nas mãos e a cadeira ensopada de suco verde. Nessa hora em que ele fica na dúvida entre cavar um buraco ou sair correndo dali, uma voz faz tudo parar e parecer que ele está nas nuvens:

"Oi, se quiser pode sentar aqui. Tem lugar sobrando." Disse a mulher mais interessante do planeta.

Pronto, ele tinha certeza de que seu desejo seria realizado.

10. O ENCONTRO: ELA

Fernanda entrou no seu restaurante do dia a dia. Precisava estar ali naquele momento. Esquisito isso. Ela sempre estava lá, mas hoje era diferente. Mais uma vez sua intuição suplicou algo. Não quis companhia para o almoço. Literalmente fugiu da reunião. *Gente chata.* Sentou o mais perto da janela que pôde. *Amo a luz do outono.*

O suco já tinha chegado. Ela olhou em volta. Tinha uma ruiva chorando com um homem na mesa a quarenta e cinco graus. *Com certeza é algo sério. A cara dos dois... ih... tem um papel... Será que ela está grávida ou assinando o divórcio?* Na mesa a noventa graus, três senhoras na faixa dos sessenta anos riam alto. *Louca pra chegar nessa idade e perder todos os meus pudores. Os que ainda me restam!* E riu. Olhou à sua direita e viu dois executivos no celular. *Aquela ali a cento e oitenta graus é uma mulher interessante. Distante, quieta. O que será que ela está pensando?* Mais à esquerda tinha uma perua paulista toda plastificada e emperiquitada. Séria. Não ria mais da vida, muito menos de si mesma. *Deus me livre de ficar assim!* E de repente ela reparou naquele homem na mesa em frente.

Parou. A brincadeira que ela sempre fazia em todos os lugares em que estava sozinha, que era de imaginar a vida das pessoas, de repente ficou sem sentido. Veio uma sensação imediata de que já o conhecia. *De onde? Merda de memória!* Não lembrou mesmo, mas não conseguia tirar os olhos dele. Disfarçava, claro. *Mãos grandes... Cabelos mais ou menos desarrumados, despretensioso, gostei do sapato, nariz fino, alguns fios de cabelo branco, acho lindo homem ficando grisalho... Ele não está no celular! Milagre.*

Ela observava e ao mesmo tempo disfarçava com o celular. Usou-o como espelho. Fernanda adorava fingir que estava no celular quando não estava. Aquele homem, via bem pelo reflexo, estava distraído, nem olhava para ela, era fácil observar sem ser observada. Logo ele, ela não conseguia imaginar o que estava pensando, vivendo... O que trouxera aquele homem ali, agora? Várias teorias se formavam na cabeça de Fernanda, mas nenhuma, absolutamente nenhuma, a intuição dela dizia estar certa. *Ele é um marqueteiro superpremiado em Cannes... Não! É um italiano gay,* riu sozinha. *É um ator! Por isso tenho a sensação de que o conheço... Não... acho que não...* E quando ia elaborar mais uma teoria, PIMBA! *Que cagada! Coitado!* E, sem querer, sem pensar, sem planejar, sem saber o porquê, saiu aquela frase da sua boca: "Oi, se quiser pode sentar aqui. Tem lugar sobrando."

Foi assim que ela confirmou que, a partir daquele momento, não teria mais certeza de nada.

11. SILÊNCIO

Fernanda e Rei passaram a almoçar quase todos os dias naquele horário. Sozinhos e naquele restaurante. Durante semanas, eles chegavam, um procurava mesa, "não achava" e o outro acenava, dando lugar ao seu lado. Eles ficavam lado a lado. Era sempre a melhor hora do dia.

Rei tinha medo dela. Ou melhor, tinha medo de si mesmo. Tinha certeza de que era essa a mulher da vida dele. Ele a desejava mais do que tudo. Era como um ímã. Mas o ímã do outro lado não vinha!

Cada dia o almoço era completamente diferente. Nos primeiros dias, eles não falavam praticamente nada. Ela só olhava. Olhava para ele. Estavam, lado a lado, mudos. Ele ficava confuso. Parecia que ela fazia um raio X dele. *Com que permissão ela me olha assim? Puxa um assunto, deixa de ser idiota, Rei!* Mas o assunto não vinha e eles ficavam se olhando. Ele fazia o seu pedido secreto todo santo dia, *Eu quero que ela me deseje*, de todas as maneiras possíveis. *Eu desejo que ela seja minha.* Às vezes se confundia: *Quero desejar mais que tudo. Não! Quero que ela me queira mais que tudo.* Ele fazia muita força, mas não adiantava. Ali o poder dele era inócuo. Simplesmente, não existia.

Rei chegava ao apart hotel e conferia se ainda tinha algum poder. Pensou naquele dia que deveria voltar a jogar futebol e que gostaria de ser o artilheiro do campeonato lá do trabalho. *Será divertido e ainda vou voltar a praticar.* Às terças e quintas, passou a acordar às seis e meia da manhã. Jogava antes de ir trabalhar. Era ótimo. E adivinhem? Rei virou o artilheiro do time em pouco tempo. Houve um pouco de esforço, ele admitia, mas mesmo assim... O problema não era ele. Era ELA. Ela que não vinha.

Tinha vontade própria. *Por que será que a vontade dela é mais forte que a minha?*

Os almoços continuavam. Todos os dias ele pensava em desistir daquela mulher que se mantinha tão distante. Mas ele, ao acordar, só pensava em qual roupa poderia agradá-la. Se planejava para não perder a hora do almoço por nada. Chegava a realocar reuniões importantes só para estar livre às treze horas em ponto. *Imagina chegar lá e ela já ter ido embora?*

Depois que passou a fase de ficarem mudos um com o outro, ele finalmente conseguiu destravar e começou a falar. Reinaldo gostava de conversar, mas com ela era praticamente um desabafo. Um monólogo! Ele falava sobre tudo. Tinha dias que os olhos dela brilhavam. Em outros, ele tinha certeza de que era um palhaço. *Por que ela sorri assim de canto de boca? Não existe sorriso mais lindo, mas não sei decifrar se é por educação ou por leveza. Tô fodido com essa mulher.*

Ele voltava para o trabalho cada vez mais confuso e apaixonado. *Deve ser uma maldição isso. Eu quis tanto outras coisas idiotas e perdi o poder na coisa mais importante.* Naquele dia, ele pediu ao chefe novinho para voltar ao andar de baixo. "Sabe como é, acho a minha vista incrível, mas preciso saber o que está acontecendo. Não quero só ser informado. Quero vivenciar as coisas." Seu chefe achou que Rei era um idiota e ainda deu um ligeiro castigo. "Agora, aqui embaixo, só baia."

Reinaldo então voltou para o centro de tudo. Mesmo rebaixado, sentia que assim era melhor. Ele queria estar na bagunça do dia a dia.

12. ELA

Fernanda começou a achar estranha a dependência daquele homem. Na real, a dependência de ambos naqueles encontros "casuais". Há muito tempo ela buscava algo que a motivasse de maneira diferente, que a tirasse do lugar comum e que a fizesse sonhar e ter esperanças novamente.

Ele não pedia nada. *Ele me olha de um jeito aconchegante. É bom estar ali. Há quanto tempo não é bom ter companhia.* Mas o melhor é que ela não esperava nada daqueles encontros, nem daquele homem. E, consequentemente, ele não podia esperar nada dela. *Que coisa boa! Não ter vínculo. Graças.* Isso a deixava estranhamente livre. E enquanto fosse bom, ela iria almoçar todos os dias com aquele estranho.

Fernanda passou a frequentar lugares com muita gente. *Chega de isolamento!* Não sabia o que era, mas, na verdade, era a busca de si mesma. Eles poderiam, de repente, se encontrar num lugar lotado. *Mas sem marcar. Sem compromisso.* E assim, ela ia saindo do isolamento, conhecendo novas pessoas, vivenciando experiências. Fernanda foi para as melhores nights de São Paulo, em cinema cabeça no Espaço Itaú, em teatros da praça Roosevelt, em food truck na Augusta, em livraria na madrugada... e nada de esbarrar com ele.

Era nessa busca pelo inesperado, o inédito, que ela conseguia sair de casa. Conseguia conhecer a cidade que a acolhera no pior momento da sua vida, e ainda estava de braços abertos agora que ela precisava renascer. Conseguia respirar sem se sufocar naqueles almoços. *Eu posso ser eu mesma com esse cara. Não preciso fingir, não preciso puxar papo. Acho que só estar ali basta pra ele.*

Fernanda era livre. Era leve. Era bela. Mas se curava de dores muito maiores do que um desconhecido podia sonhar. Há um tempo Fernanda mudou bastante, mudou internamente. Mudou de um jeito que só quem passa por grandes perdas pode mudar. Mas, ao mesmo tempo que isso tudo aconteceu, passou a ficar mais perto de si mesma. Mais perto da sua intuição. Mais perto de receber e ter só o que deveria de fato ser seu.

Então as coisas vieram sem esforço. Vinham naturalmente, vinham por merecimento, vinham porque simplesmente tinham que ser suas. E não as que ela quisesse.

13. TEMPO: ELE

Naquela manhã tudo foi diferente. Sabe aqueles dias que você simplesmente sabe que vai acontecer alguma coisa?

Rei acordou com o telefone tocando. Era Flora enlouquecida. A filha havia desaparecido. "Ela está fora de si. Não a reconheço mais. A culpa é sua!" E Flora falava tão rápido que ele não compreendia, mas procurou manter a calma. Ligou para o celular da filha infinitas vezes esperando que ela atendesse. Não conseguiu. O coração vinha parar na boca. O estômago já estava revirado quando lembrou da pessoa que Malu mais amava: a avó.

Conseguiu notícias da filha sob a condição de não revelar seu paradeiro a Flora. Marcou de passar o final de semana na fazenda. A filha concordou e só disse uma palavra no telefonema inteiro: "Pai".

Reinaldo foi trabalhar sentindo-se imprestável. *O que será que tinha acontecido? Por que as coisas eram assim, dias tão bons seguidos de dias que eram estranhos, ruins, um lixo?* O trabalho foi uma bosta, barulhento, no meio das pessoas, mas ao mesmo tempo foi intenso.

A hora foi passando e ele se enrolando. Não dava para sair na mesma hora de sempre do almoço. Fez todos os esforços que pôde. Olhava para o relógio sem parar, viu a boca do seu chefe se mexer e já não ouvia mais uma sílaba. Estava no limite do seu horário. Correu, correu como um louco pelas avenidas de São Paulo. Esbarrava nas pessoas, suava, pedia desculpas, pedia licenças até que finalmente chegou.

Olhou para os lados. Ela não estava. *Será que ela não veio? Não, eu que me atrasei. Ela devia estar aqui. Que merda! Por que nunca pedi o telefone dela?* Rei fez o ridículo papel de ir perguntar a cada um do restaurante se a tinham visto. "Você viu uma mulher linda, quer dizer, mulher normal, na faixa dos trinta, ela vem muito aqui, de jeans... Cabelo solto, prende ele às vezes, faz um nó assim... Tem um estilo... não sei, um estilo único. Nome? Hum... Caceta! Não sei nem o nome dela."

Nesse dia, Reinaldo perdeu a fome. Comeu sem vontade. Comeu sem energia. Comeu sem gula pela vida.

Fernanda não chegou. ELA não chegou. Ele não sabia seu nome.

14. TEMPO: ELA

Fernanda naquele dia estava inspirada. Decidida a se abrir. Achava que o tempo voltara a ter velocidade normal. Ela poderia, quem sabe, desfrutar das coisas e dizer seu nome para aquele homem estranho e ao mesmo tempo tão familiar.

Fernanda tinha uma profissão estressante, que ela absolutamente amava. Poucas pessoas entendiam o que ela fazia ali. Mas isso dava a ela autoconfiança. Ser controladora de voo lhe dava adrenalina suficiente para cuidar com afinco daquelas pessoas. Saber que vidas dependem de sua atuação lhe concedia uma sabedoria quase estranha: a sua própria existência depende, muitas vezes, do sacrifício de pessoas que você nem imagina.

E foi seguindo esse preceito que decidiu colocar uma atividade extra em sua vida: ser voluntária do CVV, o Centro de Valorização da Vida. Atendia telefonemas. Falava pouco, ouvia muito e só conduzia conversas. Deixava que as pessoas chegassem às suas próprias conclusões e decisões. Nada de emitir opinião. Não seria capaz disso. *Quem sou eu para dizer o que é melhor para uma pessoa?* Essa função era bem nova. Novíssima.

Naquela manhã, a pessoa do outro lado da linha gritava que ia se matar. Ela mantinha a voz calma, mas seu coração acelerava. Era a primeira vez que ela atendia uma ligação assim. Fernanda estava precisando de "primeiras vezes". Quando você faz algo novo o corpo inteiro reage diferente. E ela soube contornar a situação de modo que a ligação terminou calmamente.

Fernanda se atrasou um pouco para o almoço. Ela não se incomodou. Caminhava por São Paulo com um olhar complacente diante daquela imensidão toda. *Aquele prédio ali deve ter uns 29 andares. Aquele homem atravessando a rua deve ter sido demitido agora, seus ombros estão encolhidos. Aquela babá ama aquela criança, parou no meio do sol para abrir um guarda-chuva e proteger somente a cabeça da pequena, e ainda canta sorridente.* E nessa brincadeira de adivinhar a vida do outro, ela ia esquecendo-se de conduzir a dela.

Chegou ao restaurante e não o viu. Sabia que se não o visse hoje, veria amanhã. *O avião sempre pousa. Não importa como é a aterrissagem, mas que ele chega, chega.* Isso a tranquilizou.

Pediu a mesma comida de sempre. *Ele não, ele adora variar. Cada dia o prato está completamente diferente. Me dá gosto comer vendo o outro comer com satisfação.* Ficou meio perdida no salão. Não sabia onde sentar. Buscou o canto. Tinha um sol delicioso batendo ali. Ela queria sentir isso. Hoje ela simplesmente sabia que ia ser um dia bom.

Depois do almoço lembrou-se de ir à livraria. Como amava São Paulo por isso também! *Belas livrarias. Posso andar tranquila entre as prateleiras sem ninguém achar que estou enrolando e atrapalhando uma venda. Posso ir no meu tempo.* Quando já se dirigia ao caixa para pagar, viu de relance um olho entre uns livros. Estremeceu. Desacelerou o passo e, do outro lado do corredor, avistou uma mão máscula pegar um exemplar de Nietzsche. Ela saberia descrever cada veia que saltava daquela mão. Escondeu-se quase que involuntariamente e viu o olho. *Esse olho rasgado é algo que me tira do sério.* E o olho que saiu de vista voltou. Percebeu a boca dele por de trás de um livro verde de capa dura e teve a certeza de que a boca sorriu. "Ei! *Não acredito!* Quer tomar um café?"

15. ELA NOVAMENTE

Ele nunca falou tanto! Ela nunca sorriu tanto! Estavam inspirados... Ela finalmente se apresentou. "Fernanda."
Até que ele disse: "Hoje é dia 13. Eu odeio este dia."
Fernanda adorava. A-D-O-R-A-V-A. No pretérito imperfeito.

Dia 13 de outubro de 2015. O grande dia. O dia do casamento de Fernanda e Marcelo.
"Marcelo é perfeito pra mim. Me ama. Trabalha com o pai, namoramos tem seis anos, vamos ter uma vida tranquila. Ele deve se tornar um bom pai."
"Nossa! É isso que você espera do seu futuro? Quantas vezes na semana vocês transam?" Disse Tila, sua irmã sincerona.
"Se não puder ajudar, não atrapalha, Tila! Uma vez. Satisfeita?" E assim, Fernanda ia marcando com uma bola os anúncios de aluguel que a interessavam. "Um apê fresco, perto do meu trabalho, que tal na Gávea?"
"Você vai casar aos trinta anos com o cara que transa uma vez por semana?! E acha normal? Espera pra ver o que vai acontecer quando vocês tiverem filhos..."
"Tila, o que acha do vestido? Será que devo chamar aquela tia-avó que não vimos desde a adolescência? Melhor não, né, a cerimônia vai ser pequena... E o pessoal do trabalho? Fodeu! Como faz arroz?"
"Fernanda, definitivamente você está pirando". Sempre foi independente e aquele bolha do namorado na aba do pai.
"Tila, preciso casar. Se não for com ele, como terei filhos? Até separar, até conhecer alguém, até querer casar de novo e depois conseguir engravidar... já viu né? Vou ficar pra titia!"

"Que titia? Ainda não tive filhos!" E caíram na gargalhada. Elas tinham planos. Elas tinham segredos. Elas precisavam viver.

16. PROVAS

Um dia, Fernanda olhou para a irmã e ela sangrava pelo nariz. Daí para o diagnóstico foi um pulo. Câncer. Metástase. Tila precisava do melhor, e Fernanda faria o que fosse preciso. Mudaram-se para São Paulo, em busca do melhor tratamento oncológico. Tchau, Rio de Janeiro; até breve, noivo. Nada era mais importante do que ficar com a Tila. Foi uma entrega absoluta. Cega, surda, muda. Tudo se resumia ao tratamento e à saúde da irmã.

Elas passaram dias muito dolorosos no hospital, mas também lindas noites em claro relembrando cada instante de suas vidas.

"E aquela vez que a gente fugiu de casa e foi morar no quintal? E quando aquela amiga escrota te detonou e eu, no meio do pátio da escola, dei uma rasteira nela... a cara dela foi direto pro chão e eu fiz a sonsa e ainda pedi desculpas..." Riam até doer a barriga! "Mal da minha irmã ninguém vai falar!"

"E quando a gente foi pra Europa e não tinha mais dinheiro e economizamos uma diária de hotel, ficando na boate até clarear... Você passou a maior parte da noite dormindo num cantinho do sofá!!!"

"Claro! Você estava pegando aquele italiano lindo, queria que eu ficasse chupando o dedo?"

E assim passavam as noites. Acordadas, rindo e se emocionando.

"Eu já disse que te amo e que você não pode me deixar?"

"Eu já disse que sempre estaremos juntas... mesmo que separadas?"

E elas se abraçavam. Elas se abraçavam tão forte que uma sentia o coração da outra. E choravam baixinho. E choravam mais alto. E choravam de soluçar. E se acalmavam... até que em uma dessas noites, sentindo a alma uma da outra, veio a paz para Tila. E o fim para Fernanda. Elas sabiam que era uma despedida por mais que isso não tivesse sido dito. A última noite juntas.

Fernanda sabe que o namorado sempre a traiu. Ele era um bosta. Em todos os sentidos. Foi uma benção não casar com ele. Ela queria porque queria, na verdade, casar. *Estranho isso, querer porque quer. E quem disse que isso é o melhor para mim? Quem disse mesmo que o que eu desejo é o melhor?*
Fim da relação. Fim da irmã. Fim. Fim. Fim.
E quando ela não tinha mais nada, acabaram-se os desejos. Fim das vontades. Um ano de reclusão total. Quarto escuro. Trabalhava focada, mal piscava, se tornava mais obsessiva. As pessoas deveriam sentir pena dela, mas naqueles meses, Fernanda não viveu. Fernanda se deixou levar por um mar de dias, horas, minutos e segundos.
Sonhava todas as noites. Sempre igual, mas diferente. O avião não tinha asas. Não conseguia salvar aquelas pessoas. Agora o avião só subia e não parava. Parecia um foguete indo em direção contrária à que precisava. Certa vez o sonho foi bom, conseguiu salvar 138 pessoas. Conduziu com clareza tudo o que o piloto precisava fazer. Acordou e lembrou do seu pesadelo. Salvou todos, menos Tila.
É verdade, o telefone tocou várias vezes, muitas vezes, até que ele mesmo se cansou e as ligações foram diminuindo. Amigos, parentes, todos foram se conformando com aquela Fernanda sumida e isolada. Até morar em São Paulo ela foi. Queria estar perto da irmã de alguma forma. Ela precisava desse tempo. Ela precisava renascer das cinzas. Esse período durou treze meses e nove dias.
Então ela teve um novo sonho. Agora diferente, em terra firme. Sonhou que passava por um pântano, feio, com areia mo-

vediça... Ela tentava andar e não conseguia sair do lugar. Reparou nas mãos. Ela ainda usava a sua aliança de noivado. Jogou-a na areia movediça. Em seguida, imediatamente conseguiu prosseguir sem dificuldade. Ficou leve, bem leve. Chegou a flutuar. Então foi parar num lugar que deve ser como o fim do arco-íris. Belo, com uma luminosidade colorida, mas elegante. Era um jardim lindo. O jardim que ela sempre usava para meditar, quando ainda meditava... O jardim encantado era amplo, com um gramado enorme, um lago no canto esquerdo, muitos bichos pequenos. Havia sons calmos, cheiro de flor e uma única árvore frondosa no alto da rampa de grama. Era uma árvore com muitas sombras e frutos. Como se ela tivesse sido colocada ali só para dar suporte, apoio para as pessoas. Fernanda se sentou debaixo dela e se sentiu abraçada, amparada! Há quanto tempo isso não acontecia... Veio uma paz extraordinária e a certeza de que cada um tem seu tempo na vida dos outros. Fernanda não sabia como chegara a essa conclusão, mas tudo vinha como nos sonhos em que as sensações são mais importantes que o ato em si. Lembrou de Tila e sorriu. Um passarinho não parava de piar. Ele voou e foi para longe seguir seu caminho. Voou e foi ser feliz. Voou até sumir nas nuvens.

Fernanda acordou chorando. Mas era um choro bom.

17. ELES

Eles saem da livraria direto para o motel.

"Vamos para o meu apê ou para o seu?", perguntou Rei, sussurrando no ouvido de Fernanda.

Ela queria um lugar neutro.

"Vamos para um lugar novo para os dois!". Fernanda sempre com ótimos argumentos para não se mostrar, nem entrar na vida de ninguém.

Mas não foi isso que aconteceu ali. Eles se amaram. Eles se fundiram, um encaixe perfeito. O primeiro beijo. *Onde estava essa língua antes?* O primeiro abraço. *Será que ele consegue escutar meu coração? Por que ele bate tão alto?* A primeira lambida. O primeiro tudo que parecia ser muito antigo. Os dois se perguntavam em silêncio como podia ser absolutamente natural que duas pessoas ficassem juntas. Como se percorressem pela primeira vez um caminho há muito conhecido, de forma tão corriqueira como escovar os dentes. Sensação de já conhecer aquele corpo. Aquele cheiro. E saber que ele já foi seu. *Não sei como, mas essa mulher sabe tudo de mim. Com ele posso ser eu mesma, ele não espera nada de mim. Eu não espero nada dele.*

Reinaldo e Fernanda transaram com liberdade, sem pudores, sem amarras. Se amaram com vontade. O tesão era sentido na alma. Um parecia adivinhar onde o outro precisava ser tocado naquele momento. Pode ter coisa melhor do que amar sem cobranças? *Há quanto tempo eu não transava...* pensava ela. *Há quanto tempo eu não amava*, pensava ele. Não que isso fosse melhor ou pior para algum deles. Era o máximo do prazer que cada um podia alcançar. Naquele momento.

A partir daí, veio um furacão. Como só acontecem com as paixões. A paixão vem de fora, e altera dentro.

18. MENINA

Era o final de semana que Rei havia combinado de ir para a fazenda. Mãe e filha esperavam Rei. Secretamente, cada uma delas com a sua ansiedade. Dona Mirta, com todo o seu vigor, estava preocupada com a neta e, pela primeira vez na vida, não sabia como ajudar. Tentava de tudo, mas a menina estava irredutível. Propôs viajarem, já que ambas amavam; inventou de fazer compras na cidade, roupas novas liberadas; pensou em cavalgadas e atividades. Nada. A menina estava doente. Depressão.

Malu ouvia as conversas. "Como pode, tão nova? Uma vida pela frente." *Que frente?* O buraco negro aumentava e vinham tristezas das entranhas que ela nem mesmo se lembrava como surgiram.

Malu estava mesmo diferente. Desde que passou o tempo com o pai e voltou para a mãe. *Que homem era aquele que pode ser livre e a mulher, no caso minha mãe, fica presa à filha?* Ela achou a mãe chata. Não queria ser aquela mulher. Carregar aquele peso. *Será que o peso sou eu?* Malu também não queria ser aquele homem. *Meu pai só pensa nele! Será que algum dia eu fui prioridade?* Malu sentia que existia um abismo entre o que queria ser e quem de fato era. Entre o masculino e o feminino. *Casal briga muito. Lembro de berros. Lembro de me arrancarem da fazenda de repente.*

Malu tinha um segredo. Sentia vontade de entrar numa casca de noz e só sair de lá para dar um beijinho na avó. Comer estava difícil, cavalgar mais ainda.

Mirta ligava para o celular do filho. *Cadê você, Rei?*

Rei estava no auge do seu reinado. Estava ocupado demais em viver o seu amor. A autoconfiança voltara, e ele agora estava disposto a fazer tudo por si. Mentira. Ele sempre fez tudo por si.

A menina estava acamada. O cabelo estava gosmento e o pijama nem era pijama, era um camisão que ela colocara e nunca mais se lembrou de tirar. Ela trancou a porta.

Mirta batia insistentemente. Oferecia bolo da Anailda. "Não quero nada, vó."

Mirta batia baixinho. "Te amo, deixei um pratinho aqui com seu rosbife favorito e batata frita. Se quiser comer um pouquinho... boa noite, minha querida." Mirta voltava ao amanhecer e via o prato quase intacto. Quase, a menina tocara nele. Já valeu de alguma coisa.

"Malu, comprei um livro pra você, tá aqui na porta." Era livro de jovem. Mas, algumas vezes, Mirta colocava junto uns de autoajuda. E horas depois, uma mãozinha pegava um livro. "Abre a porta, vem ver o potrinho que nasceu!" Nada. E naquele dia a avó fez uma traquinagem de criança. Pegou um copo e colocou para escutar lá dentro do quarto. Ouviu um chorinho. Mirta, mulher de fibra que a neta nunca viu chorar, naquele dia desabou. E chorou tão alto que Malu pôde ouvir lá de dentro. A porta abriu. "Te amo, vó. Desculpa." Se abraçaram. Com força, muita força. E Malu resolveu tomar uma atitude.

Naquele dia Fernanda estava a postos. Ela atendia on-line uma vez por semana. Era como se os seus próprios problemas desaparecessem ou se tornassem pequenos diante dos problemas dos outros. Era ajudar sem ser reconhecida. Era poder ouvir. Não tinha nada a ver com conselhos. *Como odeio conselho. Não servem para nada. Como diria Tila, a gente só pede conselho para pessoas que a gente acha que vão falar para a gente fazer o que a gente já queria ouvir mas não tinha coragem de fazer.*

"Alô."

Era uma voz de menina. Gente jovem tem voz diferente. Mesmo triste, sem vigor, não tem a tremedeira do idoso. Fernanda, não sabia o porquê, mas de imediato o coração deu aquela paradinha e sintonizada absoluta. A menina falava que não queria falar. Mas estava ali, com o telefone na orelha... "Tenha seu tempo." Silêncio. Respirações que começam desalinhadas e vão entrando no mesmo ritmo. Tempo. Fernanda não tinha pressa. *A menina sabe que estou aqui esperando ela começar.* Silêncio. E Fernanda, diferentemente do que fazia na rua, tentando adivinhar as pessoas, aqui não imaginava nada. Pairava no ar. *Parece meditação.*

"Meu pai e minha mãe não me enxergam. Só pensam neles. E... esse namorado novo da minha mãe é um merda."

19. ADULTOS

Flora sempre foi temperamental. De extremos. Quando amava, era a mulher mais feliz, entregue e confiante do mundo. Quando se sentia só, uma amargura brotava do seu íntimo e a fazia ser uma pessoa que de fato não era.

Flora já havia superado o amor por Reinaldo há muito tempo. Mas não havia perdoado a desconfiança. Flora era livre. Escrever para ela era um ato de protesto. E, admito, Flora amava provocar!

A irresponsabilidade sempre permeou as suas atitudes e suas relações. Flora era muitas para a sua filha. Sabia ser mãe má. Mãe que pega no pé, que tolhe, que reclama, grita. Sabia ser irmã mais nova da Malu. A irresponsável que faz a filha ser mais responsável do que deveria. A que pede, faz manha, chantagem emocional e se tranca no banheiro para não ser importunada.

Flora amava a filha. Do seu jeito. Amava muito.

Reinaldo está no seu auge. Não tinha tempo para sua filha, para o seu trabalho, ou para qualquer pessoa que não fosse Fernanda. Fernanda e ele trocaram os almoços por encontros em motéis. Era uma gana. Uma coisa inexplicável. Eles mal tinham tempo para nada. Eles passaram a se reconhecer pelo tato, pelo cheiro, pela alma. Eram encontros de uma hora e mal dava para conversar. Mas era como se a vida recomeçasse a cada dia, de novo.

Fernanda tirava aquela hora do dia para relaxar. Ela queria aproveitar o instante. Rei queria que aquilo fosse o resto da vida. Eles se deitavam sempre após o sexo e ela colocava a cabeça em seu peito. Era o momento mais esperado dos dois. Era um silêncio avassalador. Maior do que qualquer escola de samba. Maior do que qualquer problema no trabalho, na vida pessoal ou até mesmo maior do que qualquer desejo.

Fernanda seguia sua vida com confiança e trabalho social. Ela se reinventava. Olhava para Reinaldo e via uma página em branco. Isso era delicioso. Eles trocavam experiências pequenas um com o outro. Aos poucos ia sabendo de Prince, Malu, fazenda... mas sem pressa. Era um quebra-cabeça de mil peças que não tinha desejo de terminar. A satisfação era mesmo a descoberta de cada pecinha. Só ali e com a menina do telefone conseguia desplugar da sua própria mente que não parava de funcionar. Era como no seu trabalho, na torre de controle, se bobeasse colocaria a vida de milhares em risco, mas aqui era a sua própria existência que corria perigo.

O namorado de Flora não tem nome. Era o namorado de Flora. Se conheceram no Tinder. Ele estava tão bonito na foto. Adorável descrição: homem solteiro procura... sorrisos. Flora o achou simpático. Ele chegava e já tomava tudo para si. Abria porta do carro, pagava a conta, contava piadas. Tinha barriga saliente e calvície acentuada. Mas os dentes eram bonitos. E Flora precisava de atenção. Ele logo se instalou na casa dela. "Pra que perder tempo?" era o diálogo preferido dos dois. Juntou a impulsiva com o misterioso encostado. Flora não sabia fazer as perguntas certas... "Trabalha com o quê?" "Com o coração", ele dizia... "Tem família?" "Você já é a minha! Aliás, você e sua filha." Flora era inocente. Malu teve a inocência perdida.

"Alô. Que bom que liguei no seu dia, na sua hora. Todo dia tenho ligado pro 188 à sua procura. Eu preciso te contar. Ele é pegajoso. Estranho. Dá umas gargalhadas sem sentido. Do nada. E minha mãe adora. Ri junto. Como pode? Outro dia ele chegou e quis me fazer cosquinha. Eu não tenho mais idade pra cosquinha. Olhei pra ele e disse que ODIAVA isso. Ele pediu desculpas.

Quis ir pra casa do meu pai. Sabe, ele mora em São Paulo, mas acho que está namorando. Ele está mais sumido que nunca. Ele implorava para eu ir pra lá. Dizia que não tinha muito o que fazer ali, agora me manda emojis e tá achando que está sendo jovem. Por que os namorados roubam os pais de seus filhos? Quando eu casar, nunca vou separar. Ou quando ficar mais velha nunca vou namorar ninguém com filhos. Você tem filhos? Namora alguém?"

"Alô. Ah, agora já decorei seu dia e hora!!! Minha mãe disse que eu precisava ir pra terapia, mas já tenho você, né? E nem pago! Mas será que se eu der o telefone você fala com a minha mãe? Não pode? Ah... que pena... mas a gente podia armar assim como quem não quer nada... Eu sei que preciso dizer... mas já estou dizendo... pra você! Ele agora entra no meu quarto a qualquer hora sem bater. Tenho trancado tudo. Tudo. Eu estava começando a tirar a blusa. Acho que ele viu o meu sutiã. É sutiã velho, desde que tinha onze anos. Mas eu gosto. Quer dizer, não gosto mais. Joguei no lixo. Agora ele tá lá fedorento. Eu me sinto meio que assim: fedorenta."

"Oi, bff. Eu de novo. Liguei aí ontem... trocou o dia? Ah... Ontem falei com um cara que era bom, mas não era você. Não rolou a conversa. Mas tava precisando te achar. Ligo e desligo na cara quando não escuto a sua voz. Pede desculpas pra galera daí... Pode me dar seu Whats? Não... ah... não conto pra ninguém. Juro. Juro. Juro. Fica sendo nosso segredo... hã... tá bom... um dia a mais por aqui já é ótimo. Ontem? É que ontem aconteceu outra parada sinistra. Ele trouxe poltronas da casa dele pra cá. Por que que uma pessoa traz poltrona pra casa dos outros? Eram duas! Ele se esparramou numa e mamãe na outra. Tavam de mãos dadas. Fiquei na cozinha, fazendo brigadeiro. Adoro brigadeiro, e você? Mas na hora que passei com a panela, ele me pediu uma colher. Não quis dar, mamãe resmungou algo de olho fechado.

Algo tipo assim: 'Olha a educação, Maluuuu'. Voltei e levei pra ele uma colher. Ele meio que me pegou e colocou no colo dele. 'Upa cavalinho'. Upa cavalinho?? Eu posso até ser uma mula, mas nunca um cavalinho."

"Alô. Agora não saio mais do quarto. Nunca sei quando ele vai chegar ou sair. Tô com medo. Não, não quero mais ir pra escola. Não liguei no outro dia porque... porque sei lá. Ando meio sem força... a voz dele aqui em casa me assusta. É alta, grossa. Minha mãe tá feliz. Vou dizer o quê? 'Acho que seu namorado tentou me ver sem roupa?' 'Acho que seu namorado passou a mão em mim naquela hora no corredor'... E se for coisa da minha cabeça? E se eu for culpada?"

"Oi. Sou eu... Sei lá... Só pra ouvir uma voz amiga...
Minha mãe? Meu pai... sei não... tão ocupados...
Do que eu gosto?... Hum... nem de chocolate tô curtindo mais tanto... minhas amigas? Floparam... não sei... precisa mesmo responder? Hã...
Ah... tem a fazenda... da família do meu pai. Lá não corro riscos. Mas não vou, não. Aqui estou bem, estou trancada... Tá. Tá. Tem razão... Minha avó me chamou pra ficar com ela e meu pai na fazenda.
Mas você não conhece a minha avó Mirta. Ela é maluquete, colocou o nome dos filhos de Rei e Prince e me chama de Malu, a grande. Logo eu, que sou pequena. Alô, alô... tá aí?"

Puta merda, não pode ser...

20. INSPIRAÇÃO

Fernanda e Rei resolveram um dia fazer um programa diferente. Rei queria descobrir mais daquela mulher tão linda, tão maravilhosa, mas tão misteriosa. Ele propôs de saírem para a casa dela!

Fernanda tentou se esquivar dizendo que ainda estava em obras. Rei amava arquitetura e logo se prontificou a ajudar. Ela tentou cinema. Tudo o que Reinaldo não queria era que ficassem quietos. Então Fernanda disse: "Já que é assim... quero algo mais sexy". Logo convenceu Rei.

Eles iam para a night paulistana. Marcaram num lugar de dança, bar, restaurante, tudo misturado, onde ele teria que achá-la e se ele se saísse bem... quem sabe iam para casa juntos... *Tipo sexo no primeiro encontro. Agora é cada um por si.*

Reinaldo se arrumou como um adolescente! Ele cantava pelo apart e sua testosterona estava a mil. *Como pode uma mulher mexer tanto com a gente? Qual foi a última vez que senti isso? Acho que no primeiro ano com a Flora. Não, não... com a Flora era tensão e tesão o tempo todo, com Fernanda é encaixe. Tesão, calmaria e... amor. Isso! Isso deve ser amor.* E Reinaldo se achou brega, bem brega, mas nem ligou, aumentou o volume do som e as borrifadas do perfume francês.

Fernanda se arrumava com o coração aos pulos. Ela colocava e tirava mil roupas. Não se decidia de nada. Aliás, desde que começou com o Rei as suas certezas foram acabando. *Nunca mais vou me relacionar com ninguém. Homem não presta. Não vou ter filhos. Não sei lidar com adolescentes.* E agora tudo ruía. Ou reconstruía.

Ele chegou à boate cheiroso e autoconfiante. Pediu um drink com nome esquisito, mas pelo sabor continha gim, Aperol e tangerina. Observava tudo tranquilo e com sorriso no meio do rosto. A primeira meia hora passou e ele resolveu circular. O lugar era maior do que ele imaginava. Tinha espaços diferentes e começou a encher de tal maneira que os corpos começavam a se roçar muito antes de entrarem na pista. Nessa sala tocava eletro. As luzes piscavam sem parar. Pessoas bebiam água sem parar. Pessoas curtiam sem parar e Rei passava. Isso, ele só passava e procurava. O que era uma brincadeira divertida, de repente começou a ficar esquisito. *Onde ela está?*

Fernanda se sentia tonta, em jet lag, sei lá. Parecia que estava dentro da cabine do piloto e que não havia mais contato com a torre de controle. Os papéis se invertendo. *Eu perdi o contato. O controle, sei lá.* Ela agora não detinha mais o poder do pouso. Cada um ia para onde quisesse. Lembrou do lago de que Rei tanto falava. Juntou telefonema onde a menina dizia que queria ir para o fundo... *Meu Deus, será que estão olhando essa garota!* Se enfiou no chuveiro pensando em tudo o que ouvira da menina. Deixara a água escorrer pelos seus cabelos. Fechara os olhos. Ela sabia que tinha algo muito errado. Vinham flashes com a ducha gelada... Logo ela, a mulher da água quentinha, da água sem onda, da água límpida, transparente. Turbulência. Mãos erradas. Labirintite. Sabão na orelha. Fundo do lago. Night começando. *Isso é lágrima ou pingo d'água?!* Sabonete líquido que escorre pelos dedos. Ponteiros passando. Respirou fundo. *Não tem mais jeito. Hora de decolar.*

Na sala seguinte tocava rock dos anos 1980, Ultraje a Rigor bombando na pista. Aqui os homens eram menos sarados e mais velhos como Rei. As mulheres sorriam mais. Mas Reinaldo fingia para si próprio que estava curtindo. *Cadê?* E começou a mandar mensagens pedindo dicas da brincadeira para Fernanda. Dica da roupa, dica da sala, mas era só um tracinho que aparecia, mostrando que ela estava sem rede e ele sem chão.

De repente os sintomas começaram a aparecer. *Caraca, não é possível!* As mãos começaram a suar. A pupila a dilatar. Reinaldo pediu mais um drink. Começou a se alterar com a bebida também. *Deve ser do álcool.* Ele fingia se enganar. Os passos foram ficando mais ágeis, e ao mesmo tempo, trôpegos. A sala de música brasileira tocava um sambinha e os casais bailavam por ali. Viu uma mulher parecida com Fernanda, ela se esfregava em outro. O coração ia saltar pela boca, a coluna deu uma travada. Rei paralisou por um segundo e depois, sem pensar, foi com tudo. Quando a mulher se virou, não era ela, claro. "Desculpa, eu... eu... eu confundi..." E Reinaldo apertou os passos e foi parar num banco espremido no corredor, com um casal se sarrando ao lado.

Ele inspirou e expirou três vezes. Teve forças para ir ao banheiro e jogar uma água gelada no rosto. Ele ouvia gemidos vindos da cabine.

Pediu uma coca bem gelada no bar e colocou gelo na nuca. Uma mulher linda se aproximou, Reinaldo recuou. Ele não tinha sentido sem Fernanda ali.

Quando estava perto de ir embora, uma morena de cabelo Chanel se aproximou.

"Vim te salvar, meu plebeu."

Reinaldo e Fernanda tiveram a noite mais alucinante de todos os tempos. As salas ficaram poucas para o tanto que circularam e dançaram. Teve um momento que foram até o chão. Teve hora que se tocaram no meio da pista. A mão de Rei passou pela popinha da bunda de Fernanda. Eles se arrepiaram e fingiram que nada estava acontecendo. A língua dele parava em sua orelha e a mordiscava. Ela sussurrava algo enquanto dançava e agarrava o pescoço de Rei. Tinha algo no ar. Tudo cheirava a sexo. A peruca dela já estava meio torta e ela arrancou no meio da pista sertaneja. Ela se vestia de maneira diferente. Uma microssaia, saltos e uma blusa meio que aparecendo o sutiã fizeram com que ele a carregasse para um canto cheio de casais e a beijasse tanto que eles gozaram sem sair do lugar. Não parecia ela. Mas quem era ela? No fim daquela noite, ela entrou no táxi, sozinha, inventou para Rei que precisava acordar cedo. Ele ainda a agarrou na porta e soltou um "Eu te amo". Sabe aquele momento que para no ar... A eternidade em um segundo, mais precisamente em uma frase.

Aquele trajeto até a sua casa foi o mais tortuoso do mundo. Lágrimas insistiam em pular, deslizavam na bochecha, ela tentou se conter. Mas não deu. Fernanda começou chorando baixinho, depois aumentou e quando deu por si estava soluçando. *A última vez que chorei assim foi no enterro da Tila. Só ela saberia o que me dizer agora. Só ela. Preciso me afastar desse homem. Ele precisa ajudar a filha. Eu ouvi, eu ouvi. Ela precisa do pai.* E os pensamentos se embaralhavam ainda mais e chorava. *Eu não posso ficar com um homem que não coloca a filha em primeiro lugar. Ele vai ter que partir para ver a menina. Eu não posso carregar mais esse peso.* Eram tantos pensamentos, tantas assombrações que foi interrompida e nem percebeu direito. "Hã..." Até que ouviu uma voz muito simpática e penosa dizer, "A senhora quer a maçã do meu lanche? Pode te fazer bem". E Fernanda, sem escolhas, não se fez de forte, e doida por um acalento, terminou a corrida mastigando a maçã mais doce do mundo.

Ela sabia que era o fim.

21. EXPIRAÇÃO

Reinaldo acordou de ressaca. Tomou uma chuveirada, tudo parecia normal. Só parecia.

Chegou no trabalho e encontrou o caos. O chefe novinho agora já não era chefe. Fora demitido. Reinaldo não achou aquilo bom nem ruim. Achou estranho. As fofocas começaram a pipocar e o mandaram subir.

"Transferido? Como assim, transferido para outra unidade?" Meio confuso, Rei arrumou suas coisas e não sabia o que pensar. O seu novo chefe ficava do outro lado da cidade e estava querendo uma reunião para alinhar as coisas. *Que coisas? Que chefe?*

Foi uma manhã de recolher papéis. Muita tralha, clipes, contas, rasgos e um retrato. Uma fotografia perdida na gaveta. Era Flora, Malu e Reinaldo na Disney. Lembrou da filha e veio um sentimento que atravessou a alma. *Preciso trazer Malu pra cá mais vezes.*

O almoço no seu restaurante preferido, com sua gata preferida teria que ser alterado. Mandou mensagem, tentou ligar. Nada. *Fernanda deve estar naquele dia de caos no aeroporto.*

O telefone tocou. Correu, mas era Mirta esculachando o filho. "Cadê você que não veio ver a sua filha?!! Ela está deprimida. DE-PRI-MI-DA. Isso se não for algo mais sério. Ela não sai do quarto. Cadê a Flora também? Dois irresponsáveis! Vem HOJE buscar a sua filha na fazenda. Dá seu jeito. Passar bem." E bateu o telefone em sua cara.

Hoje? Quando mal deu tempo de respirar e reagir chega outra mensagem. *Finalmente Fernanda apareceu!* Mas quando abriu era de Prince. *Sumido! Péssima hora do fantasma aparecer.* Mas o tom da mensagem era formal. Prince pedia dinheiro. *Ele não é disso. Putaqueopariu tem algo errado com ele.* Mas a hora passava e ele precisava chegar do outro lado da cidade.

Rei lembrou que tinha poderes e desejava que o dia melhorasse. Tentou se enganar dando uma risadinha sem graça. O caminho do metrô o fez lembrar de todos os seus desejos e como agora estavam realizados. Prince morando longe, Flora com o namorado, ele com Fernanda, chefe novinho fora de alcance... mas estranhamente não se sentiu feliz. Deu um nó na hora que lembrou do acidente de carro na estrada. *Será que isso tudo teria acontecido mesmo se eu não quisesse?* Pela primeira vez, ele cogitou essa hipótese e não sabia se sentia melhor ou pior com essa opção.

Foi quando o sinal voltou a pegar e ele viu a luz do dia novamente. Flora liga insistentemente. Ele ignora uma, duas vezes. Mas sabe que precisa atender. *Há anos que não liga*, só manda mensagem. Malu deve estar dando ruim mesmo. Atendeu. Mas não era sobre Malu apenas. Era desespero.

Flora falava e chorava que nem uma louca. Pedia desculpas no meio da frase, Rei não conseguia entender. Até que foi juntando as palavras como em um quebra-cabeça. "Meu namorado, culpa, Malu, culpa, estranho, culpa, vídeo achado, culpa, mãos no lugar errado, culpa, ABUSO... CULPA."

Um buraco abissal se abriu no meio das ruas de São Paulo. Rei caíra ali dentro. Dentro de si. *Não é possível que a Malu tenha sido abusada por esse cara. E eu desejei esse homem ali perto delas. E eu fui omisso. E eu só pensei em mim. E eu... e eu... caralho, e minha filha?*

Tudo foi deixado para trás. A estrada até a fazenda nunca foi tão longa. Reinaldo procurava dirigir olhando para a frente porque, se desse uma piscadela, socaria o volante. Xingava a si próprio. Tremia de raiva. Nunca desejou tanto nunca ter desejado nada. *Eu vou descobrir se fui eu quem matei aquele cara na estrada. Se fui eu quem deixei minha filha assim... Se fui eu quem mandei Prince se ferrar lá fora... Quem eu virei?! Pelo amor de Deus, Quem sou eu?* E o corpo se tremia inteiro. Reinaldo precisava finalmente se conhecer.

22. CRIANÇAS

Fernanda virou sua vida do avesso desde que fez todas as ligações necessárias para descobrir que Reinaldo era o pai daquela menina ao telefone. Ela tinha certeza. Mas tinha dúvidas também. *Será a vida assim tão estúpida e pequena?*

A dúvida consome. Prende. E aquela relação que era leve, sem compromisso, começou a pesar. Na cabeça de Fernanda, ela podia simplesmente estar correlacionando fatos inexistentes, falsas acusações... Estaria longe de ajudar, só tumultuaria.

Estavam na cama, se sentindo, se amando, ela em um orgasmo fácil, em total sintonia com suas vibrações interiores, quando vinha na cabeça que Rei era péssimo pai, que não compreendia a filha, que não enxergava nada a não ser a si mesmo e o encanto se quebrava.

Ela tentava puxar o assunto da família dele, mas naquele quarto de motel a única coisa que Reinaldo sentia era o amor pulsando no seu coração. Ele amava aquela mulher como nenhuma outra. "Nunca tinha sentido essa paz com ninguém", disse Reinaldo.

A paz definitivamente havia ido embora de Fernanda. "Não acha melhor ir embora, ficar com sua família? Pode ser melhor...", sugeria ela. Ele não compreendia. Não havia melhor lugar do mundo para estar. "Você não tem férias para tirar?", perguntou Fernanda. Nessa hora, o coração de Rei disparou. *Será que finalmente ela se abriria e iriam tirar férias juntos, conhecer o mundo... pegar um avião rumo* à *Capela Sistina?*.

Não... não tenho férias... Quem sabe só você e sua menina... "Impossível, Malu está em plena atividade escolar. Quem sabe mais pra frente numa viagem em família?" Ele sempre saindo pela tangente. Ela sempre indo pelas beiradas. Parecia que não havia um ponto de intersecção naquele momento. Só para Fernanda. Para Reinaldo, eles estavam mais do que embolados. A paixão embola qualquer linha que possa separar.

Fernanda lembrou de sua infância com Tila. Eram alegres, felizes. Tila era a diaba loura do condomínio e Fernanda se sentia altamente protegida por ser irmã dela. *Apesar eu de ser mais velha, aquela pirralha que me protegia.*

Teve uma situação horrorosa uma vez. Fernanda tinha simplesmente esquecido disso até aquele momento da conversa com Malu. Elas tinham ido passar o fim de semana em Angra na casa de uma amiguinha. Fernanda tinha dez ou onze anos. Numa brincadeira de vôlei na piscina, o irmão mais velho da amiga, que devia ter uns treze, catorze anos, passou a mão em sua bunda. *Deve ter sido sem querer.* Foi uma vez, foram duas vezes. *Vou jogar a bola bem longe.* Foram quatro, sete vezes. "Quero descansar." "Ah, não, Fernanda! Ah, não!!! Não vai estragar o jogo..."

E quando viu, estava presa naquele jogo e naquela situação. *Nenhum adulto percebeu. NENHUM.*

Como agora, nenhum adulto perto de Malu percebera. A história do vôlei pode ser uma besteira perto dessa, mas ela lembrou que não foi olhada, não fora percebida. *Tem algo pior do que seu sentimento passar despercebido pela sua família quando criança?* Ela acusava Reinaldo no seu íntimo. *Como um pai não está perto na hora em que uma filha mais precisa?*

A Fernanda criança foi chorar escondida no banheiro, Tila bateu na porta até ela abrir. Quando a viu chorando, disse: "não quero mais ficar aqui também. Pedi pra tia ligar pra mamãe buscar a gente".

Tila não sabia ao certo o que tinha acontecido, exatamente como agora Fernanda não sabia... mas pressentia que algo estava errado. E que era preciso ir para longe.

23. FAZENDA

O dia na fazenda fora de abraços, beijos e desculpas. Por mais esquisito que isso possa parecer, Malu parecia mais calma que o pai e a avó. Reinaldo nesse momento queria somente ser pai e ter a menina em seus braços.

Ela fora falando que sentia saudades... Ele refletia e desejava que isso nunca tivesse acontecido. *Eu sou um merda. Mas eu vou dar um jeito nisso ou não me chamo...* Quando ia completar a frase, uma ligação de sua empresa fez Rei atender e dizer que não dava, simplesmente não dava para ir para a outra unidade hoje. Ele não chegaria. Nem hoje, nem amanhã, e pelo visto precisava da semana toda para respirar. A pessoa do outro lado da linha desligou incrédula. Sinceramente, Rei não estava nem aí se ainda teria emprego na próxima semana. Ele estava mais preocupado em desatar todos os nós que ele mesmo criara.

O próximo telefonema foi para Flora. Ele pediu que ela viesse. "Precisamos estar juntos." Essa frase a menina ouviu e seus olhos lacrimejaram.

"Calma, Flora, eu sei que você não tem culpa. Vem, a gente resolve. Depois a gente vai na delegacia. Sim, mas cadê o contato dele? Ok, sem problemas... Eu vou achar, nem que eu tenha que ir pro inferno..."

O acolhimento é tudo. Malu se sentiu amada, vista, notada e, acima de tudo, importante. Ninguém fez perguntas chatas, ninguém duvidou dela, ninguém a criticou, nada. Só abraços e beijos. E, ouviu dizer, haveria um B.O. num futuro próximo.

Mirta se aproximou do filho. Há quanto tempo eles não tinham uma conversa de adulto, não superficial. Ela via o seu menino agora como ele é: cheio de cabelos brancos e não com tantas certezas. Estava frágil e diferente. Era um semblante que ela não reconhecera. "Mãe, fica tranquila, nem eu me reconheço." E sentados no sofá, ele deitou no colo da mãe. E chorou. Chorou como uma criança que cai e vê que a vida pode doer um pouquinho. Ele chorava e se questionava se era um assassino. Ele ia fundo e precisava saber se tudo o que quis era mais importante do que o outro. Ele sentia como se tivesse passado por cima das pessoas. "De boa intenção o inferno está cheio", respondeu para a mãe que tentava acalmá-lo.

Ele não iria parar. Lembrava e repassava toda hora seus desejos.

Precisava cuidar de Malu, se unir a Flora, saber daquele homem do carro, trazer Prince de volta, batalhar por um emprego melhor e, o mais doloroso: abandonar Fernanda. Ela não poderia ser um capricho seu. Ficou extremamente mexido quando relembrou de toda a relação dos dois, e como ela não se abria e ele insistia. *Devo ter obrigado essa mulher maravilhosa a ter ficado comigo. Fernanda odiaria saber que foi manipulada. Nunca me perdoaria.* Aliás, nem Reinaldo sabia se ele mesmo se perdoaria...

No seu melhor momento, Rei precisava recuar e voltar ao capítulo 1.

Seu celular foi devidamente desligado e o contato de Fernanda, bloqueado.

24. AR

Fernanda trabalhava com a mesma intensidade de sempre. Ser controladora de voo requer calma e visão do todo. Ela parara de imaginar quem eram as pessoas e pelo que elas estavam passando. *Que brincadeira idiota. Quem daqui imaginaria a minha história? Quem aqui pode sequer supor que acabei de fugir do único homem que amei.*

Fernanda também desejava largar o CVV. *Se eu não posso cuidar da minha vida, como vou ajudar alguém? Faço dois trabalhos que evitam desastres e minha vida é absolutamente um!*

Naquele dia, Fernanda saiu mais cedo do trabalho e resolveu caminhar. Andar pelo Ibirapuera e respirar ar puro. *Sinto que me falta ar...* O caminhar lento foi ficando mais ágil, até começar a trotar, e quando viu já estava correndo a toda velocidade. O ar entrava e saía com toda a gana, como se o peito fosse explodir sem aquilo. Era um misto de necessidade, medo, fuga e prazer. Mas era simplesmente vital naquele momento. Depois de correr seis quilômetros, ela se jogou no gramado e inspirou e expirou três vezes. *Saudades do futuro. Saudades de tudo o que não vivemos.*

E pronto! Deu um estalo. Saiu correndo novamente. Ela precisava achá-lo. Precisava estar ao lado dele na hora que soubesse da notícia que abalaria sua família. Ela sabia, mas ele não. Ela já tivera tempo de se recuperar. Sentia que precisavam estar juntos naquele momento. Nos seus piores dias não teve ninguém, e não podia deixar que seu amor passasse por isso sozinho. *Eu sou péssima!!!*

Chegou na empresa esbaforida.

"Ele não trabalha mais aqui. Não sei informar, senhora..."

O mundo começou a desabar ali na frente dela. *Como assim?* A culpa começou a tomar conta. *Vou até a casa dele. Mas... onde é a casa dele?*

Fernanda percebera agora que a relação deles era finita. Ela colocara limites o tempo todo e não sabia simplesmente onde ele morava. *Meu Deus, o que foi que fiz?*

Desnorteada, saiu da firma e continuou a andar no meio daquele mundaréu de prédios. Viu que no seu celular tinham mensagens desesperadas de seu crush, mas agora o celular dele estava absolutamente fora da área ou desligado. Percebeu que estava devidamente bloqueada. Excluída.

Andava sem norte, quando os seus pés a levaram para o lugar mais íntimo dos dois. O restaurante do almoço de todos os dias.

Agora já era fim de tarde e uma luz linda vinha da janela. Era um dourado que deixava tudo mais iluminado e esperançoso. *Vai que ele entra por essa porta...* E sentou. E esperou. Fernanda era boa nisso. Ela usava o tempo a seu favor. Não tinha pressa. Mentira! Não teve pressa. Agora seu coração estava aos pulos querendo achar seu namorado, ou sei lá o que ele era seu.

Já estava no segundo cafezinho e pedindo uma torta quando reparou num moço ali do lado. Era novinho, de gravata. Mas ele estava claramente desesperado. Não sabia bem o porquê, mas deu uma vontade enorme de ir até ele e perguntar se estava tudo bem. Fernanda tem dessas coisas.

"Acabei de ser demitido. Não tenho coragem de voltar pra casa."

25. ÁGUA

Realmente tudo o que ele desejou, ele teve. Teve, pretérito perfeito. Não podia e nem queria mais aquilo. Se perguntava qual seria o passo número um, *como fazer para voltar no tempo?*
As coisas se tornaram simples. A vida tinha se resumido a impulsos de desejos. E realizações gastas. *Tudo idiota.* Rei estava totalmente desnorteado. Um pai, um filho, um ex-marido, um namorado, um empregado sem rumo, sem prumo. O que queria mesmo era abrir mão de tudo e ver sua filha sorrir. Esquecer que já foi capaz de querer coisas na marra. *Preciso evoluir... Ficar amigo da ex... abandonar o novo amor... Resolver a questão da minha filha. Eu preciso realmente saber se tudo aconteceria independente do meu querer.*
Rei sentou na varanda, olhou aquelas montanhas, lindas, verdes, cheias de árvores, frutos e legumes e imediatamente lembrou do pai. Ele amava a plantação, até mais do que a colheita. Ele sempre dizia que sabia exatamente o que ia colher. E dava uma risadinha: "Quem não sabe?". O pai sempre tinha razão. Plantou bem colheu bem, sem milagres. Porém, teve uma vez que uma chuva de granizo devastou tudo. Ele plantou muito como sempre, mas a colheita foi totalmente diferente.
Os empregados devastados, Mirta olhava incrédula, Prince chorando e Rei agarrado na perna do pai. E o pai ali, impassível. Não disse muito, como sempre, soltou um "era pra ser" e saiu. Mas, no dia seguinte, deu sua lição, acordou antes de qualquer um e estava ali se empenhando e plantando novamente. *Simples assim.*
Rei queria ser simples assim. Mas tudo parecia afundar. *Isso! Já sei, vou nadar... vou ter minhas respostas...*

Logo Reinaldo estava no lago. Nada como dar braçadas naquela água límpida e gelada da fazenda. Ali era seu lugar de pensamento no mundo. Aliás era seu lugar de sentimento. Onde ouvia o compasso do seu coração e tinha as melhores reflexões.

A cada braçada sentia o cheiro de Fernanda, a cada respirada vinha uma lágrima da filha, a cada batida de perna ele lembrava de quão idiota tinha sido com desejos banais. Dava tudo para Malu ter sua inocência de volta. Mas não tinha esse poder. *Nunca tive poder especial nenhum.* A cada molécula de água daquele rio tinha um Rei que precisava renascer. Ele começou a nadar de peito, as batidas ficaram mais fortes e ele se lembrou dele pequeno, brincando com Prince. *Era tão bom... qual foi a hora que deixei isso mudar?* E sentiu raiva, tristeza do tempo perdido. E ele nadou mais forte. Com mais rapidez e vigor. E na violência da mão contra a água vinha à tona toda a violência verbal que ele já tinha trocado na vida com Flora. *Chega, ela não merece. Eu não mereço. A nossa filha merece mais.* Ele ia respirando e perdoando a si mesmo. Vinham flashes. Fernanda e a irmã, abraçadas, Prince e ele... *Eu posso tê-lo aqui do meu lado.* Batidas d'água. *Eu desejei que ele fosse... e se Fernanda pudesse ter a irmã por perto só mais uns dias, umas horas, um segundo? Desperdício de tempo. Desperdício, desperdício, despedida...*

Preciso saber daquele homem do carro. As braçadas chegaram a ficar lentas nessa hora. Era uma necessidade real para conseguir seguir em frente. *Culpa, culpa, culpa... E onde ela está?*

Nadava de costas agora e o impacto com a água era outro. O dorso da mão batia fazendo um barulho gostoso, que embalava pensamentos e amor. *Boca, almoço, livraria, cabelo, almoço, olhos...* O compasso lembrava Fernanda, todinha ela que tinha um tempo tão particular e diferente de Rei, que aliás agora era bem diferente do que já foi um dia. *Isso! Agora nós somos iguais...* Batida na borda do rio. Acabou.

26. TERRA

A menina já estava mais corada e fazia as refeições em família. Quando Flora chegou e elas se abraçaram, Rei percebeu que podia dar uma saidinha e voltar sem que o mundo desabasse.

"Agora que eu cheguei?", perguntou Flora. "Preciso colocar tudo nos eixos. Vou e volto pra gente denunciar o desgraçado", Rei respondeu.

Primeiro, precisava resolver o desejo número um: *que aquele idiota morra ali na esquina*. E por que não resolver a questão de Malu primeiro? Ele estava fora de si. Se encontrasse o homem, era capaz de tudo e ele sabia disso. Era pai. Era uma corrosão interna que fazia Rei revirar os olhos. *Preciso chegar nesse cara sabendo que sou pessoa melhor do que ele e não fazer mais uma vítima. Não posso ser um assassino.*

Ele corre atrás para saber quem era aquele homem que morreu na estrada. Bate culpa, medo, desespero, ele quer se entregar... mas se entregar para quem? *Oi, estava na mesma estrada que ele no dia do acidente, ele me deu uma fechada e eu desejei que ele morresse.* Não, assim não seria nada bom... Mas não importa, ele precisava ir até o fim.

Reinaldo tinha um amigo de infância na polícia. Pediu ajuda e conseguiu descobrir a placa do carro, o nome do motorista. Nada difícil, tinha dia, local, hora do acidente. Leu o nome do cidadão revoltado. Arrepiou. Precisa ir mais fundo. Hoje em dia com nome e sobrenome de uma pessoa, só não descobre tudo quem não quer! Ser detetive virou coisa de amador. É só dar um clique e pronto. Acha Instagram, Facebook... e a vida da pessoa fica ali exposta. Datas comemorativas são ótimas para saber da família. Jovem, tinha pais. *Que miserável que eu sou.* Tanta gente sofrendo a morte dele. Viu que amava bichos. Muitas fotos com cachorro, viagens. *Pra onde será que ele estava indo naquele dia?* A cabeça de Rei parece que vai pirar. Ele não podia carregar mais aquela culpa.

Fica andando de carro perdido, sem norte. *O que eu faço?* Vai até a estrada, naquele ponto exato em que levou a fechada. Dirige bem devagar. Não vê nada que possa fazer aquele cara sair da estrada. *Será que passou um bicho na frente dele?*

A velocidade estava cada vez menor, carros passavam por Rei e ele simplesmente para o carro em frente à árvore na qual o cara havia batido. Vê o chão de terra, a árvore ainda tem marcas. Igualzinho a ele... O pisca alerta ligado e ele ali no meio da estrada. Perdido.

27. FOGO

Fernanda e Mario se conhecem. A identificação é imediata. *Já conheceu alguém e foi logo de cara? Então...*

Mario é um menino de fato, 27 anos. Ele se fantasia de homem sério, mas é um garoto.

Fernanda pulou para a mesa dele. Devoraram uma torta de chocolate. Ela sabia que o conhecia de algum lugar... Eles se viram no enterro de Tila. Ele e a irmã eram amigos. "Nossa, eu não acredito que estou te conhecendo. Tila era louca por você!". Eles fizeram pós juntos.

Quando Mario disse o nome da empresa da qual tinha acabado de ser demitido, Fernanda fez a associação imediata. *O chefinho novinho...* Ela estava doida por pistas de Rei, mas só conseguiu arrancar um "não faço ideia do que acontecerá com cada um de lá! Não sei se foi demitido, transferido ou promovido". De repente, do nada, ele se joga em cima dela e a abraça forte. Era uma troca de energia maravilhosa.

Há quanto tempo não sentia um abraço tão entregue, fraternal. Ela fechou os olhos e lembrou da irmã... Veio primeiro o cheiro dela, depois um agradecimento ao universo. Soltaram-se e começaram a conversar. Um papo íntimo, desses que só são possíveis com uma pessoa que não se conhece, assim não terá julgamento...

Ele diz que não sabe mais quem é. Como vai dizer para a família que perdeu o emprego que eles sempre acharam o máximo? Ele e o pai tinham entraves horrorosos que só cessaram quando ele foi fazer faculdade "de verdade" e largou o teatro. Mario precisava sempre ser o melhor e isso ainda era pouco para o pai. Com a sua inteligência foi rápido e fácil chegar alto. QI acima da média... mas... e a felicidade?

Mario era sensível, calmo. Tudo o que Fernanda precisava agora era de emoção, não de razão. O lado feminino dele jogava na cara dela o quanto ela também buscava ser quem não era. Propôs que saíssem dali e fossem beber em outro lugar. Primeiro, pararam no Chopinzinho. Cervejas e risos começaram a chegar. Eles se soltavam e revelavam suas histórias, derrotas e vacilos com bom humor e leveza.
"Você tem namorado?", disse ele.
"Não sei...", disse ela. "Você tem namorado?"
"Eu?... Não sei se sou gay...", disse ele, e caíram na gargalhada. Claro que ele sabia. Namorada ele não tinha, a última foi quando tinha dezoito anos e mais parecia uma irmã. Ela era divertida, mas ele fazia de tudo para não ir para a cama com ela. "Muito difícil se assumir quando a sua família tem o modelo ideal para a sua vida sem te consultar antes... Terminei o namoro e a partir daí meu pai foi ficando cada vez mais rígido; eu realmente precisava ser o melhor. Minha vida amorosa foi simplesmente deixada de lado."

Essa última frase caiu em Fernanda como uma luva. *Minha vida amorosa foi simplesmente deixada de lado.* Ela poderia ter dito isso!

Agora aquele barzinho ficou pequeno para os dois. Ele sugere uma balada, algo que pegasse fogo. Ele disse que sabia para onde iriam. Era um lugar aonde ia... escondido.

"Escondido de quem? Você não paga suas contas?", perguntou ela.

"Vou escondido de mim mesmo... como as mulheres muitas vezes fazem... se escondem...", respondeu ele. *Me escondi tanto de Rei... por quê?* Ela pensou novamente em si.

Era no centro de São Paulo uma maratona de festas gratuitas! Eles foram para uma de reggae, promovida pelo Feminine Hi-fi. As mulheres ali dançavam livres, aquela melodia que embala e ao mesmo tempo aconchega. Fernanda dançou, dançou, rodopiou com Mario, gargalharam, fez ele azarar um homem lindo que estava ali, ele ria de nervoso... Eles simplesmente se divertiam sem lembrar de seus problemas.

Fernanda se sentia mais feminina ali, percebeu que estava cansada de ocupar um lugar masculino em sua própria vida. Quem diria que Mario a lembraria do seu eu mulher... E a noite avançou madrugada adentro com labaredas fervilhando dentro deles.

28. FAMÍLIA

Reinaldo estava de volta à fazenda. Malu, Flora e Mirta superunidas e agarradas ao que Rei poderia fazer e proporcionar. *Mal sabem elas que estou seguro como um barco à deriva.* Mas ele não deixaria mais nada abalar a sua filha. A menina teve uma conversa franca e contou que quem mais a ajudou foi uma mulher do CVV. Reinaldo, nessa hora, lembrou de Fernanda que uma vez deixou escapar que fazia atendimentos. *Fernanda... sempre tão distante, coitada, devo tê-la obrigado a ficar comigo de algum jeito.* Reinaldo, definitivamente, não estava bem.

Naquela noite, sentaram na varanda, tomaram um caldo delicioso feito por Anailda e sentiram que não estavam sós. Não só Malu percebeu isso. Flora, Mirta e Rei também. Bateu uma segurança que só quem tem uma boa família consegue ter. Falaram, falaram, falaram e falaram por horas. Até os assuntos normalizarem e cansarem de ser falados. Essa era a teoria de Mirta. "Falar tanto de um assunto forte, até ele deixar de ser. Por puro cansaço mesmo." E riram. A menina sorriu pela primeira desde que chegou ali. Malu dormiu em cima do pai. Mirta se retirou com a neta por exaustão. Hora de Rei e Flora se encararem a sós.

"Desculpa", disse ele. Os olhos de Flora já tão vermelhos de dias chorando, agora brilharam.

"Você me pedindo desculpas? Não foi você quem colocou aquele miserável lá em casa..."

"Fui conivente, pode apostar. Fui ausente, idiota, péssimo pai e ex-marido."

Flora queria dizer um monte de coisas. Muitas mesmo, mas a voz embargou. Ficou tudo parado na garganta. Ela sabia que dizer qualquer coisa era pouco para tantos anos de desafeto e acusações sem fundamento. Ela sabia que também fora negligente, imatura e provocativa. Após muitos anos, aquela situação com a filha colocara Flora num outro lugar. Não bastava fazer o papel da maluquete incompreensiva. Era preciso crescer e dar o suporte de que a filha necessitava. Num impulso, Flora o abraçou. "Desculpa também", ela sussurrou baixinho. Rei retribuiu com força. E quando percebeu, era ele quem precisava desse abraço. "Sempre seremos uma família." Um abraço de perdão de ambos os lados.

No dia seguinte, ambos partiram para o Rio de Janeiro direto para a delegacia. Antes disso, Rei ainda recebera outra mensagem de Prince. Parecia mensagem cifrada.

"Minha potra precisa de mim?"

O coração de Rei deu uma leve disparada. *Meu Deus, Prince está tentando me dizer alguma coisa... tenho certeza.* Mas Rei sabia que agora não era a hora do irmão. Ele precisava primeiro colocar aquele miserável atrás das grades e cuidar da filha. *Depois de tudo isso, juro que te ajudo, irmãozinho.* Partiu estrada.

Percorreram o trajeto sem intercorrências, porém estavam tensos. Reinaldo e Flora fuçaram tudo para descobrir o que o sujeito tinha feito na vida. Descobriram golpes aplicados em firmas, estelionato, sonegação de impostos, além de outras duas acusações de coroas. Ele as fazia acreditar que estavam apaixonados e ia pedindo pequenas quantias em dinheiro, cada hora por um motivo, e quando ganhava confiança, pedia uma bolada maior e depois sumia. Rei dava soquinhos no volante cada vez que Flora descobria mais alguma coisa.

"E pensar que eu queria um namorado...". Rei parou o carro numa freada brusca. "O que houve?", Flora assustou-se.

"Eu que quis que você tivesse esse namorado! Eu!!! A culpa dessa porra toda é minha!!!", falou Rei, descontrolado.

Flora pegou em sua mão, olhou no fundo de seus olhos e percebeu que ele não estava nada bem. Com firmeza, mas sem grosseria, disse: "Nem tudo gira em torno de você, Reinaldo. Eu também quis muito um namorado. Muito. Não se preocupe que você não foi o único. O mundo gira além do seu umbigo." Rei suspirou, fazendo circular todo o sangue do seu corpo. *Será? Será que ele não era o único culpado?* Reinaldo se esquecera completamente que os outros também possuem desejos. E isso deu uma leve acalmada em seu coração.

"Você tá pensando que é Deus?... Sinceramente, Reinaldo! Passou de todos os limites... depois a louca sou eu...", ironizou Flora. Ela sabia usar as palavras e ser leve e interessante quando queria. *Estava mais do que na hora de amadurecer,* pensam ele e ela ao mesmo tempo. Ele voltou para a estrada e tomaram o rumo certo: a delegacia.

Não foi fácil enfrentar tudo aquilo, mas estavam tão raivosos que passariam por cima de qualquer desafio. Pai e mãe são assim. Rei escorregou mais de uma vez, *quero que achem esse desgraçado... quero que achem esse miserável...* Essa coisa de parar de desejar era complicada. Ter dois pesos e duas medidas não dava mais. Rei se concentrava na razão, mas a emoção tomava conta tantas vezes... e parecia que ele girava em círculos.

Na volta, Rei ainda pediu para a guarda da Malu ser compartilhada. "Mas como? Moramos em cidades diferentes...", disse Flora.

"Verdade", concordou desanimado.

"Mas... ela precisa, Rei. Vamos resolver! Pede transferência do seu emprego... a minha firma é pequena, não tem filial em São Paulo."

"Nem sei se tenho mais emprego, pra falar a verdade..."

"Você é bom, sabe disso. Vai dar um jeito. Eu topo dividir a guarda."

E naquele instante que era para ser bom, o telefone fez mais um barulho. Era mais uma mensagem cifrada de Prince:

> "Mamãe sobrevivendo? Minha vida aqui tem sido brutal! Tá foda mesmo, grave."

"Flora, preciso da sua ajuda. Acho que o Prince está numa furada. Quero trazer meu irmão de volta."

29. AMIGOS

A amizade de Fernanda e Mario ia ficando cada vez mais sólida e necessária para ambos. Foram fazer yoga. Ele a levava para dentro dela mesmo e ela o levava para fora dele.

Fernanda e Mario se faziam companhia. Riam, ficavam em silêncio e se incentivavam. Fernanda adorava dividir o prato de sobremesa; Mario odiava, mas mesmo assim dava um pedaço do seu manjar para ela. Fernanda amava correr pelo Ibirapuera concentrada, com fone de ouvido; Mario só gostava de atividade física conversando. "Assim passa mais rápido." E como boa amiga, Fernanda arrancava o fone e ia gargalhando pelo caminho.

Fernanda fingia estar bem. Fingia principalmente para si mesma. Cada vez que o telefone do CVV tocava, seu coração saltava num compasso diferente. Ela sabia que tinha algo errado. Algo faltando. Mario começou a perceber que Fernanda começara a aumentar seus plantões. Atendia somente às segundas. Depois, segundas e quintas. Agora, aos domingos também. Observava a fuga da amiga calmamente.

Fernanda caiu em si de que tinha perdido a oportunidade de sair do outro lado da linha. A filha do seu amor pediu socorro. E o que ela fez? Perdeu a oportunidade de criar vínculos ainda maiores, de ser parceira, amiga, mãe.

Aquilo foi consumindo Fernanda e ela começou a se fechar... Mario ligava, não havia retorno imediato... Mario chamava para uma corrida, a desculpa já estava pronta... Mario via sua amiga se afastar. Pior, se afastar de si mesma.

A gente não se afasta de quem pede nossa ajuda. E assim, Fernanda se sentia um lixo. Se julgava e tentava a todo custo estar a postos se a menina ligasse novamente.

Um dia, Mario cansou. E o que faz um amigo que cansa? *A gente não se afasta de quem NÃO pede nossa ajuda!* Mario invadiu o apê da amiga e disparou a falar: "Não aguento mais te ver assim. Você ajudou essa menina pra caramba. Tá na hora da família ajudar. Esse elo precisa ser criado por eles. O que você está esperando pra ser feliz? Se quiser desculpas pra ser infeliz, tenho um monte pra te dar... mas se quiser dar a volta por cima, como uma mulher forte, poderosa, guerreira que é, tenho muito mais desculpas ainda. A escolha é sua. Viva a SUA vida."

Amigo que é amigo sabe tudo a seu respeito e mesmo assim AINDA gosta de você. Fernanda adorava essa frase quando adolescente, depois achou cafona quando cresceu, mas agora ela surgiu em sua mente com força. Olhou para aquele garoto e lembrou de si mesma. Ou melhor, lembrou de Tila. Aquilo lhe deu forças. Foi como um sol se abrindo. Foi como o rasgo de luz refletido bem no meio da sua cara. O olho deu aquela piscada tentando compreender de onde vinha tudo aquilo. Quando, enfim, entendeu, o relaxar veio e a tranquilidade finalmente chegou. Era a hora de olhar para si e se perdoar (ou se conscientizar) das suas perdas. *Qual a razão de ter perdido tanto se eu não abrir espaço para ganhar coisas novas?*

Ela e Mario se abraçaram. Felizes. Inteiros. Densos, porém calmos, com a alma tranquila e o coração no compasso certo. Era verdade que Mario facilmente viraria uma substituição de Tila, e era tudo o que Fernanda não precisava. Ela deveria agir com suas próprias pernas e decisões. Ambos sabiam que eram uma "escada" um para o outro. E isso era simplesmente bom! Sem culpas, sem pesos, sem excesso de preocupação e zelo.

Fernanda agora não tinha mais seus almoços com Rei. Ela percebera que fora bloqueada. Excluída. *Melhor assim. Não fui só eu. Eu sumi primeiro, mas ele aproveitou e sumiu depois... Tudo bem. Eu não estava pronta...* tentava se enganar. Mas dói. Mesmo querendo e precisando se afastar de Reinaldo, ela sentia que ainda era totalmente sua.

Havia um vazio ainda maior dentro dela. Tila se foi sem ambas quererem, Reinaldo se foi porque quis. Doía. Mesmo ela sabendo que fez de tudo para ele não se envolver. Mais uma vez a vida de Fernanda precisava recomeçar. *Só que agora vou fazer diferente.* Não dava para ela ficar fugindo da sua família, do Rio de Janeiro, da mãe que se fez forte e não demonstrou luto, dos amigos que exigiam que ela frequentasse festas mesmo ela querendo cama, e dos amores. Focar no trabalho que não dava tempo de pensar em si e no projeto social que lembrava que a vida dela era maravilhosa diante dos percalços dos outros foi o que a fez se reerguer. Agora ela precisava caminhar com vontade própria. Achar seu rumo, seu novo rumo, por prazer e não por fuga.

Ela ia caminhando até a torre de controle. Via os aviões à sua volta. Percebia como eram grandes, pesados, dependentes de outros, mas ao mesmo tempo, na hora que levantavam eram leves, autossuficientes e pareciam pequenos aos olhos dos que ficavam aqui embaixo. *Isso! Meu ponto de vista está errado! Não tenho que estar na torre de controle. Aqui é afastado, longe. Tenho que estar perto. De um a um e não de um monte de gente.* Percebeu que ia voltar para a sua cidade e fazer o que sempre teve vocação, mas não fez sem saber o porquê.

"Como assim você pediu demissão desse superemprego para voltar a estudar psicologia?", perguntou Mario. "Tudo o que eu queria agora era a segurança do meu emprego!"

"Acho que tudo o que você precisa agora é de insegurança", respondeu Fernanda, e caíram na gargalhada. Eles tinham o mesmo humor ácido. Foi um encontro delicioso esse o deles. Rápido, mas o suficiente para dar um gás para a nova vida que viria para ambos. Despediram-se com leveza. Sem dor, sabiam que, enfim, eram livres...

Fernanda voltou a caminhar e fazer leitura de desconhecidos. *Nisso eu sou boa! Essa mulher* à *minha esquerda está tão cansada que chega a curvar os ombros. Coitada, está sobrecarregada, ela precisa impor limites. Esse homem que atravessa a rua apressado está sem perceber nada* à *sua volta. Sofrendo de amor, com certeza. Essas duas velhinhas são amigas há mais de cinquenta anos, uma ajuda a outra com amor...* E assim Fernanda ia seguindo. Querendo conhecer mais o ser humano e a si mesma. Sentia uma alegria imensa agora ao ir para o aeroporto a caminho de casa não mais para recomeçar por tristeza ou porque a vida quis assim. Ela estava recomeçando porque queria. Ela DESEJAVA isso. *Há quanto tempo não queria tanto alguma coisa...*

Fernanda, a mulher que nunca mais desejara, agora estava disposta a dar um rumo para a sua vida. Entrou no avião e partiu.

30. SOL

Naquele dia, ele acordou com uma sensação diferente. O sol voltara a iluminar a imensa sala da fazenda. Malu estava graciosa, estudando na mesa e comendo pães de queijo. A vida dela estava começando a voltar ao normal. E ele só queria isso: a normalidade.

Mas, foi mais que isso, o telefone tocou. Rei saiu correndo do beijo da filha e foi ao seu quarto buscar o aparelho. No longo corredor, pensou em Fernanda. *Será que agora ela me quer?* Em frações de segundo, também lembrou que bloqueara o contato dela. Arrependeu-se naquele instante... mas mal teve tempo de imaginar uma coisa melhor; pensou que podia ser Prince. *Meu Deus, o que vou dizer pra ele?*

Não era nenhum dos dois. Era seu amigo da delegacia. "Ah, esqueci de te falar, aquele cara do acidente estava alcoolizado. Fizeram perícia e só achei hoje. O laudo necroscópico apontou níveis bem superiores ao normal. Parece que vinha de uma rave. Drogas sintéticas misturadas com álcool. Bomba relógio para um garoto que ainda tomava bomba."

Rei ficou sem chão. Paralisou. Duas toneladas saíram de suas costas. *Obrigado, obrigado... caceta! Mil vezes obrigado. Eu não sou um assassino.*

Sabe euforia? Pois então, assim Reinaldo ficou após a notícia!

Começou a rodopiar pela casa, pegou a filha e a conduziu numa dança. Ela gargalhava e mandava o pai parar. "Ficou doido?"

"Quase, filha!" E riam e dançavam, giravam, até cansar e caírem no sofá um por cima do outro.

Flora veio do quarto e ficou espiando. Na dela, não se intrometeu na dança dos dois. E achou bom, pela primeira vez, não sentir ciúmes, nem descartada. Só curtiu o momento com eles, apesar de não estar junto efetivamente, ela sabia que sempre estaria ali de alguma forma. Trouxe conforto, trouxe paz. Fechou a porta e se jogou na cama tranquila.

Com Mirta já foi diferente, ela veio da cozinha, e se intrometeu no meio dos dois. "Larga ela!", gritava e ria junto. Mirta voltara a ter uma família. "Só falta o Prince aqui."

Pronto, a felicidade durou pouco. Reinaldo lembrou que ainda tinha coisas para acertar. Correu para o quarto e começou a ligar para Prince. Ele não atendia.

> Essas coisas não se falam por mensagem, mas...
> Prince, do que você precisa? Tô preocupado.

Nada de respostas. Espera um tempo.

> Você está em que lugar do mundo precisamente?
> Quer que eu te envie uma passagem?

Prince visualizou a mensagem. Mas Rei foi solenemente ignorado. Entrou e saiu on-line que nem uma flecha.

Toc-toc-toc. "Posso entrar, Flora?" Rei mostrara todas as mensagens. Flora começa a analisar tudo. "Prince sempre foi tão direto... tá estranho mesmo."

> Minha potra precisa de mim?

> Mamãe sobrevivendo? Minha vida aqui tem sido brutal! Tá foda mesmo, grave.

> Responde, Prince. Tô preocupado. Tá tudo bem???

Depois de longos quatro minutos, Prince entrou on-line e respondeu um simples S.

"S deve significar Sim, Rei."

Eu preciso ver a cara dele! Rei tenta fazer uma ligação de vídeo. Toca uma, duas, três, na quarta vez Prince atende. Está sem camisa, num quarto bonito, uma mulher dorme ao fundo, o que faz Prince sussurrar: "Oi, Rei. O que houve, porra? Tô ocupado."

"Que senhas foram essas que você me mandou?? Potra?"

"Pelo amor de Deus, só queria saber da Fuinha, ela estava prenha quando saí do Brasil..."

A ficha de Reinaldo foi caindo... "Mas, Prince, você falou em gravidade... brutal."

"Gírias, Reinaldo! Gírias portuguesas... Me deixa! Tô ótimo! Tá com inveja? Sua cara está péssima... envelheceu bem nesse tempo que tô fora, hein... sempre tentando controlar tudo e ser o salvador da pátria. Te pedi um dinheirinho aquele dia porque tô com essa gata milionária..." Reinaldo, sem graça, olhou para Flora e ainda tentou reagir... "Você tá maluco, Rei? De onde tirou essa maluquice? Tô ótimo!"

"Que bom, Prince. Foi mal." Flora tentava entender o mico, vacilo, neurose ou sabe-se lá o que do ex-marido.

A ligação de vídeo foi desligada. Prince estava lá porque queria. Flora olhou para Rei incrédula. De onde ele tinha tirado essa história toda? *O que aconteceu com Malu deve ter te deixado paranoico.*

Rei saiu do quarto sem graça e sem prumo. Ele andava mesmo uma montanha-russa de emoções. Passou reto pela mãe e pela filha e foi respirar o ar puro da fazenda. Chegou até a beira do lago e teve que deixar o seu ego de lado. *Não basta mesmo só eu desejar...* O mundo não girava ao seu redor. Era óbvio. Tudo continuava. Mesmo ele estando tão ausente nos últimos tempos. Voltou para a sua cama. O único lugar que ainda parecia seguro... a cama da infância! Quando estava quase deprimindo, pensa, claro, no seu amor. E, como quem não quer nada, *queria tanto a Fernanda, será que eu devo...* E de repente, como um furacão Flora invade o quarto, bem do jeito Flora de ser, e diz na sua cara:

"Vai cuidar da sua vida, Rei! Chega de resolver o problema dos outros. Cadê aquela mulher por quem você estava apaixonado?"

31. MEIO-FIO

Não era uma procura normal. Reinaldo suava frio. Nada tinha a ver com os calores de antes, com as pupilas dilatadas; agora era só desespero mesmo. *Por que eu fiz essa burrada?* Se martirizava a todo momento porque a tinha bloqueado no telefone. Agora era ela que dava indisponível ou fora da área.

Fernanda era o seu amor. Disso ele tinha certeza. Era com ela que ele queria passar o resto da vida! Mas... nada, absolutamente nada.

Onde ela podia morar? Jardins? Bela Cintra? Rei caminhava a esmo.

Claro que já tinha ligado para a torre de controle.

"Senhor, nós não damos informações de nossos colaboradores."

Não foi o suficiente. Reinaldo correu para lá. Ficaria esperando o tempo que fosse. Via os aviões e sentia vontade de sumir dentro de um deles. A hora passava e nada... Levava vários foras, os funcionários já cochichavam entre si. "Ela era misteriosa. Veio do Rio e mal abria a boca... mas pelo visto deixou paixões por aqui..."

Reinaldo, antes tão impetuoso, agora sabia esperar. Ele esperaria por alguma notícia a hora que fosse.

As horas se passaram, funcionários chegaram e saíram, até que uma alma bondosa se solidarizou com Rei. Era seu Alberto.

"Olha, estou vendo seu empenho, mas a menina era retraída... foi embora. Pediu as contas. Não posso te dar informações particulares...mas já tentou o Facebook?"

Rei saiu de lá desolado, mas não o suficiente para desistir. *Rede social... imagina... não sei nem o sobrenome dela. Aliás, será que o nome é mesmo Fernanda?*

As dúvidas pairavam no ar. Rei pensou que naquele momento queria ter seus "poderes" novamente. Pena que agora ele não acreditava mais nele mesmo. De ombros caídos, foi andar por onde costumavam ir. Passou na livraria, lembrou de todos os motéis que frequentaram e, claro, do restaurante.

Estava fechado. Tinha uma placa na porta: "Em obras, em breve reabriremos para melhor atendê-los". Nessa hora, ele desaba. Senta no meio-fio e procura uma solução para o enigma indecifrável chamado Fernanda.

Por que consegui tudo menos ela? O buraco no peito afunda a cada respirada. *Por que ela não apareceu mais? Ah, Fernanda... eu te amei até desistir de mim e virar plebeu.* Isso! Rei deveria sair do posto. Ver a vida além de si. *Agora vou ser só Reinaldo! A monarquia já acabou faz tempo!* Ele ainda conseguia gozar de si mesmo.

Quando está totalmente fora do ar, escuta um "Ei!" ao longe... *Quem é?* Não sabe quem é aquele garoto, de bermuda, óculos escuros e camiseta acenando do outro lado da rua. Dá um tchauzinho quase sem graça. O sol ainda bate em seu rosto de tal maneira que não fica visível direito a tal pessoa vindo na contraluz. Ele simplesmente senta ao seu lado. No meio-fio.

"Não tá me reconhecendo?" Caramba! Aquela voz era muito conhecida para Reinaldo. "Não é possível! Mario? O meu chefinho novinho..."

Mario estava mesmo diferente. Leve. Ele agora se parecia com um garoto, ou quem sabe, com ele mesmo. "Que cara boa que você está!", Rei foi sincero. Mario também: "A sua não está tão boa assim". Sorriram.

Rolou um silêncio. Não sabem se por falta de afinidade, de assunto ou de coragem para dizer o que pensavam um sobre o outro. "Sinto muito pelo seu emprego", disparou Reinaldo. "Sabe que eu não? Foi a melhor coisa que me aconteceu. Juro!" E o gelo foi se quebrando. Carros passavam, buzinas eram dadas e eles se soltando. Mario contou que voltara para o teatro, agora morava sozinho, tinha um pé de meia e ia se dar ao luxo de tirar um ano sabático. Queria estudar fora. "Sabe falar francês?" Reinaldo achou engraçado como Mario estava mais garoto. Ele próprio se sentia mais velho. Para ele, se passaram anos... Para o menino o tempo tinha regredido. *Tempo é mesmo relativo.*

"E você, tudo bem? Não está com a cara muito boa", perguntou Mario.

Reinaldo não sabia por onde começar. Tinha vontade de dizer *"tudo começou no dia que desejei a morte de alguém... e isso aconteceu. Não! Não matei ninguém. Eu só achei... quer dizer, não fiz nada, o cara que fez. A gente só quis a mesma coisa ao mesmo tempo. Depois passei a desejar um monte de babaquice. Foi como achar a lâmpada do gênio... de verdade. O que você pediria? Seria sensato numa hora dessas? Duvido... enfim, nesse meio do caminho, consegui tudo. Inclusive o amor da minha vida... Mas... tudo que vem fácil... paga-se um preço caríssimo. Minha filha sofreu, mãe, ex-mulher, briguei ainda mais com meu irmão, perdi o emprego, de repente até você se deu mal no trabalho porque eu quis... Aí caiu a ficha, né. Demorou... mas percebi que precisava colocar tudo no lugar. Mas as coisas nunca voltam para o lugar exato que saíram... essa é a parada da vida. Tudo se move. Tô aqui tentando recomeçar, nem sei por onde. Aliás, sei sim. Só tem um jeito. Por mim mesmo. Vou deixar de ser paranoico e viver a minha vida e só. Viver e deixar acontecer. Você consegue não ser controlador da sua própria vida? Simplesmente deixar vir o que for pra ser seu... Difícil, né? Vou tentar. Se vou conseguir, não faço ideia. Desculpa, Mario, nem sei o que te respondi direito, não tô bem, não... mas vou ficar... se tudo não acaba bem, é porque ainda não terminou. Adoro essa frase, meio piegas, mas adoro. Foi mal se te fiz algum mal."*

O que ele pensou não precisou ser dito para ser sentido. Mario olhou com pena daquele homem pela primeira vez. Preferiu se calar junto. Rei só respondeu a simples pergunta de Mario um tempo depois:

"Estou bem, obrigado por perguntar. Desculpa se te menosprezei algum dia. Vou voltar para a fazenda, buscar a minha filha e morar no Rio de Janeiro. Sucesso aí!"

Reinaldo se levantou, apertou a mão do menino e se foi. Mario olhava incrédulo tudo aquilo. *E eu que pensei que eu que estava dife...* e no meio da frase lembrou de Fernanda. *Sim! Era dele que ela falava, claro!!* Quis sair correndo, mas já era tarde. Ele já sumira no meio dos prédios paulistas.

Reinaldo desejava tanto encontrar Fernanda que não viu a pista mais evidente na sua frente.

32. FIM

Rei volta à fazenda. Momentos sagrados com a família. Flora já se foi. Precisava trabalhar e colocar a sua vida em ordem. Malu voltando a sorrir. Mirta colhendo e fazendo parte da cooperativa de orgânicos da região. Isso dava a ela autonomia, dinheiro e pensamento ocupado. Já a mente de Reinaldo... *Já sei!*

Resolve ir para o rio nadar. Lá ele sabe que faz as conexões necessárias. Ele nada e não vem nada. Bate pé, mão, inspira e... chega de flashes. Chega de insights e pupilas dilatadas. As braçadas vêm e vão e o cérebro fica livre. Quase uma meditação, onde não pensar em nada é a meta. Rei agora era um homem cru. Sem apegos, sem desejos. E isso fazia dele absolutamente inteiro e mais interessante.

Era como se a água do rio o abraçasse, como se quisesse lhe aconchegar. Não lhe dizer mais nada. O silêncio pode dizer bem mais do que mil palavras. Escutar o que as pessoas não dizem, essa é a mensagem, só pode. Mas pensar agora era pouco, o sentir era bem maior. Um buraco sem volta se abrira dentro dele. Chega. Ele sai do rio e fica inacreditavelmente mais leve. Não carrega mais o peso de ter que querer ser o melhor pai, marido, namorado, filho, empregado, irmão ou seja lá o que for do mundo. Era suficiente ser ele. Não mais rei. Agora somente: Reinaldo.

EPÍLOGO

A volta da fazenda estava feliz. Leve. Alegre. Ele dirigia tranquilamente por aquela estrada que tanto conhecia e curtia. Dessa vez não abriu as janelas, o sol de fim de tarde estava quente e o ar-condicionado estava fazendo um contraste delicioso. Aumentou o volume do som. Tocava Beatles, "Love me do", e Reinaldo cantarolava. *Tô ficando igual ao meu pai.* E caiu na gargalhada. Sorriu ao lembrar do pai, agora não vinha só tristeza. Vinham recordações e alegrias. E olhou para o lado: viu a menina mais linda e meiga de todas. Malu. Ela aumentou o som mais um pouco e começaram a berrar, faziam caretas e colocaram as mãos para cima. Os pés descalços da filha seguiam em cima do capô e os seus dedinhos batucavam no ritmo da música. Malu deu uma piscadela suave, numa cumplicidade que ele nem sabia que existia. Aliás, sabia sim. Era exatamente como ele ficava com o pai na estrada.

Rotina voltando ao normal. Agora a vida seguia no Rio de Janeiro. *Como podem destruir essa cidade? Tão linda.* Reinaldo caminha pela praia sem rumo. Sem pressa, come um sanduíche e toma um suco. Está em Copacabana. Tranquilo, vê as ondas irem e virem. Lembra de Fernanda. Dá uma calma danada. Olha em direção à rua e vê os carros com velocidade. Curte o instante. O contraste. Mas de repente, assim do nada, a mão começa a suar, as pupilas dilatam, o coração dispara... *Ai, Meu Deus. De novo, não. Era para isso ter acabado.*

Reinaldo levanta assustado. O sanduíche mastigado fica ali em cima mesmo. Ele bebe o suco com voracidade. Inspira, solta. *Respira devagar, cara.* Ele caminha apressado e quando percebe já está longe da praia e no meio do caos de Copacabana. Ele para e respira. E com autocontrole, as coisas vão se acalmando. O coração vai voltando ao seu compasso normal. A visão deixa de ficar turva... inspira, respira. Inspira, respira. Reinaldo chega a suspirar. Mas, no meio da faixa de pedestres... Ploft! Uns meninos vêm correndo e vão de encontro ao ombro de Rei, ops, Reinaldo. O suco se esparrama no chão. Ele se molha bem. Se vê parado ali, no meio da multidão. Ele é só mais um. Só mais um parado no meio da multidão. Trava. O sinal para pedestres fica vermelho e as pessoas vão parando de passar. Reinaldo como uma estátua. As mãos ainda insistem em tremer. As pernas em parar. A sensação de que algo vai acontecer é iminente. Ele sabe. Mas ele não quer saber. Lágrimas brotam. *Há quanto tempo não choro sem motivo? Eu só quero sair daqui.* E percebe que está desejando algo com força. *Não deveria desejar mais nada o resto da minha vida.* Mas deveria é um verbo do futuro do pretérito. E do futuro, quem sabe? Ouve uns gritos de "sai daí!". Buzinas tocam raivosas. *Tudo o que mais queria na vida era a Fernanda aqui comigo.* E, como um gato que só aparece quando quer, ela surge. E sussurra: "Vem comigo, vem, meu plebeu."

Cuidado.
Cuidado com o que deseja.

Esta obra foi composta Janson Text LT Std 10 pt e impressa em papel Pólen 80 g/m² pela gráfica Meta.